天地方程式 1

誤闖隱身所

富安陽子
五十嵐大介 繪
王蘊潔 譯

目錄

推薦序

奇幻與數學的完美結合 005
走進神話世界的冒險，也走向閱讀帶來的蛻變 008
培養跨域素養的敲門磚——《天地方程式》 011
成長途中最重要的事：學會分辨真偽 013
宛如現代小說版的密室逃脫——《天地方程式》 016

1 夢 019
2 Q 028
3 迴廊 042
4 逃走 077
5 超商 091
6 猴子 115

7 巫覡 143
8 栗栖之丘 156
9 信 171
10 放學後 189
11 浩克 205
12 隱身所 223
13 破綻 241
數學彩蛋 265

推薦序

奇幻與數學的完美結合

文／國立臺灣師範大學電機系助理教授．數感實驗室創辦人賴以威

現行的分科教育，數學跟文學涇渭分明，也造就了所謂的「數學腦」、「比較擅長國文」這類說法。事實上不一定是這樣。許多最新研究已經指出，數學不是少數人才能擅長的知識，絕大多數人，都能靠著正確的學習方式學好數學，認為數學是靠天賦的心態，反而限制了數學學習。文學與數學的距離，也遠比我們想像得更近，就像這部小說。

倘若數學是藍色、國語是紅色，小朋友在學校裡接觸的是像地磚一樣，一塊藍、一塊紅，區分得很清楚的知識。翻開這本書，你彷彿看見一缸水，紅色與藍色的染料在其中交織，形成美麗的黃金比例螺旋。作者富安陽子老師寫過許多以日本神話、奇幻為背景的精采小說。我向來著迷於日本神話，自己曾寫過兩本以校園為

場景的數學小說。因此，閱讀這本小說時，不論是從讀者或同樣身為文字工作者的身分，我都澈底被吸引，成為富安陽子老師的粉絲，將她視為寫作師法的對象。

有禮和Q兩位雙主角來到一所新學校，進入了奇幻的異次元空間，展開一系列的冒險（與拯救世界）……

翻開第一頁，你立刻能感受到本書俐落的節奏，像大放送似的不斷推出一波又一波故事高潮。因為大量閱讀網路文章的關係，或許不少人跟我一樣，讀小說的靜摩擦力變得比以往高，需要更高的專注力，或是更精采的劇情才能「進入」故事。這本書是我在哄兒子睡覺後點開來看的，起先估計需要個一、兩周才能讀完，沒想到才花三天（付出的代價是睽違已久的因為看小說而睡眠不足）就讀完第一集，迫不及待的想看下一集。

一部分是因為故事精采，一部分是出於數學的愛好：閱讀時，你會看到許多數學名詞鑲嵌在情節中。但就算不具備那樣的背景知識，也不會妨礙閱讀。它們就像漫威電影裡充斥的彩蛋一樣，你可以讀完後再根據關鍵字，解讀這一個又一個的數學彩蛋。不只是數學名詞的彩蛋，書中也設計了許多對白，來對數學做更深層的探討，例如：「數學究竟是發明還是發現」，這是許多人爭論的議題，故事裡主角不一定給出了正確答案，卻能讓讀者接受他的觀點，進而反思、在心裡跟他來一場辯論。

也或許是因為摻雜了理科的設定，故事情節推進雖然快速，但不時也會看到作者花了一些篇幅在解釋場景設定，確保每個細節都符合邏輯，符合故事裡的世界觀。有神算能力的Q、過目不忘的有禮，他們的「超能力」都被巧妙的給了一個合理的解釋，也因為具備超能力，數學之於場景也變得合理，更加精采。

奇幻、神話、青春校園、愛情、超能力、還有數學。這些看起來彼此互斥的元素，如果把它們用文氏圖表示，你會看到一個小小的交集，裡頭就是寫著《天地方程式》。

推薦序

走進神話世界的冒險，也走向閱讀帶來的蛻變

文／推理評論人冬陽

大家喜歡閱讀神話故事嗎？

記得小時候，從圖書館借了一本注音版《封神演義》，讀完讓我著迷不已。這是一本以商朝末年紂王暴政、民不聊生，到姜子牙輔佐姬發（日後的周武王）起兵、建立周朝的歷史為背景，其中夾雜了神魔鬥法、揉合了儒家與道教教義的通俗故事，是描述中國神話的其中一本著作。

後來，在成長過程中，慢慢接觸到與西方文明相關的希臘神話、羅馬神話，因為奇幻故事而查閱的北歐神話，以及在漫畫中逐漸熟悉的日本神話等等。甚至到了這幾年，看完漫威電影《雷神索爾》會注意到故事中的角色關係與北歐神話的原型有些出入，讀了《波西傑克森》讓我讚嘆居然能把希臘神話如此輕巧的現代化，克

推薦序
走進神話世界的冒險，也走向閱讀帶來的蛻變

蘇魯神話竟是源自當代作家洛夫克拉夫特的小說作品建構的世界觀……

總結來說，神話的起始與傳述，和人類的觀察力與想像力，有絕大的關聯性。抬頭仰望星宿，就能編織出嫦娥奔月、各個星座故事；遇上無法預期的天災，擔心是天神發怒懲罰的結果；思索自己從何而來，便創造出各種各樣神造世人的傳說，以至於建立起神人之間的關係、規範、儀式云云。經歷了數千年後，文明的發展逐漸抹除了不合時宜的迷信，但這些神話仍有部分深深嵌入你我的信仰、習俗、語彙等日常之中，以及持續推陳出新的故事，這本《天地方程式1：誤闖隱身所》，就是其中之一。

知名小說家富安陽子以日本神話《古事記》為基礎，創造了幾位擁有特殊能力的少年，展開一連串自校園拯救世界的冒險。他們是夾在神與人之間的「巫」，接受了神明的力量與旨意，阻止黃泉神即將為人世間帶來的危難。受到召喚之前，剛升上中學二年級的田代有禮是個力圖讓自己平凡不突出的少年，直到他與一名綽號Q的數學天才同學誤入異次元空間、奮力運用兩人的能力脫困後，才澈底知曉自己的任務，並展開尋找其他夥伴一起解救廣大人類的艱鉅旅程。

前面說過，神話的建立多與人類的觀察力與想像力有關，但接下來該如何通過重重考驗？則與邏輯推理力和判斷行動力密不可分。故事中，角色的遭遇及成長正好與人類從神話走向文明一致，必須經歷沮喪挫折、模仿學習、化解歧見、團結齊一等多個階段，厲害的敘述者能將閱讀者帶進故事裡，感受其中的驚險刺激、領略身心蛻變的這段奇幻旅程——我當年讀《封神演義》是如此，現在讀《天地方程式》的你也會一樣！

別怕我口說無憑，只要你往下翻讀，就可以親自驗證。這是閱讀小說最神奇的樂趣之一，也是我樂於當個小說耽讀者三十多年的不變信念。請帶著一顆冒險探問的心，大步走進《天地方程式》的世界吧！

推薦序

培養跨域素養的敲門磚——《天地方程式》

文／教育部閱讀推手．基隆市銘傳國中教師林季儒

眾所周知，丹．布朗的《達文西密碼》帶給讀者們的除了高潮迭起的故事劇情之外，書中高密度的藝術、歷史、地理、宗教的知識含量更受到廣大讀者的推崇與喜愛。因此我們也如此期待：一部好的少年小說可以強化孩子們的判斷力與思辨力，為孩子們建立核心價值與生命榜樣之外，如果還可以融入各學科領域知識，廣泛孩子們的學習視野就更令人欣喜了。我想對青少年而言，《天地方程式》正是這樣一部結合感動與跨域學習的奇幻冒險少年小說。

本書從主角有禮的夢埋下伏筆，連續七天的夢境宣告了一連串懸疑與未知的開始。作者很有技巧的成功營造閱讀動機的第一步：「喚醒好奇心」。書中主角有禮為了搬家來到陌生的新學校，寫實的描述相當貼近教育生活現場，融入新環境初期

的受挫與憤怒能夠有效的引起青少年讀者的認同與共鳴。隨著故事一幕幕的展開，帶著日本推理小說氣味的懸疑故事線漸漸帶出了個性鮮明的角色群，自我定位的混亂、群體生活的摩擦、校園霸凌的困擾……每一個孩子都有屬於自己的心理的創傷。當這群孩子為了完成任務而從鬱悶、恐懼和孤單中越走越近，最終放下誤會與膽怯，攜手學習真誠與信任，以及如何善用彼此的長處而團結起來。

作者在虛幻的精采情節中注了真實的人生課題，讓青少年讀者在享受閱讀樂趣的同時，更能夠去照映著自己的現實生活去思考：如何慎重的運用自己的能力？如何選擇生命的價值？如何在挫折與恐懼之前冷靜觀察擬定策略？青少年讀者可以從書中人物面臨險惡處境時的勇氣與膽識，得到啟發而找到曙光。

此外，本書以高明的創作手法和情節設計，將緊湊的故事節奏與數學、天文、化學、邏輯等各學科做了最巧妙的融合與安排，全文行來天衣無縫且大大激發讀者對書中所提及的知識點探索究竟的動機。這本好看的奇幻小說每一個解謎點都能夠在課堂中上激起師生熱烈研究討論，也是讓孩子愛上數學、天文、化學、邏輯的敲門磚！想要培養孩子們跨域素養能力？就從這樣的知識型少年小說開始！

推薦序

成長途中最重要的事：學會分辨真偽

文／推理評論家張東君

《天地方程式》這本書很討厭，因為它就像其他那些我喜歡的書一樣，正如往常我在看電子書看得正開心時，就驚訝的發現：「咦，沒有了？」，卻還不甘心的不停刷平板電腦的頁面，確定自己真的已經看到末了，然後生氣的問編輯：「下一本是什麼時候出？」心情就像追劇追到某季的最後一集，它的「待續」是要等到半年後的下一季一樣的不甘心。

故事裡，就像許多ＹＡ小說——現在不叫少年小說，而是Young Adult（年輕成人）一樣，同儕必須一起努力，而且責任都超級無敵巨大，要負責拯救世界。這份書單在我每次寫推薦時舉例的長度越來越長，於是在這裡就不說了。只是書頁翻著翻著，會覺得這些青少年真厲害，但也太辛苦。大人們是跑到哪裡去了？為什麼會堆積出如此大的爛攤子，讓理該快樂學習、開心生活的青少年們出來收拾殘局？這可完全不是讓他們從自己的各類煩惱中掙脫的好方法啊！

難怪瑞典環保少女桑伯格（Greta Thunberg）會怒吼：「How dare you!」可是啊可是，這次在《天地方程式》中這群青少年得解決的問題並不是大人，甚至也不是人類造成的。這群青少年其實是天神派遣的巫覡，而他們的對手是藏身在地中、霧裡的黃泉神……

最麻煩的是，這個黃泉神會打造一個跟真實世界一模一樣的隱身所，要是沒找到隱身所中唯一的破綻，就沒辦法回到真實世界。而且那個以假亂真的世界會變得越來越大、讓破綻變得越來越難找，就這樣負回饋的一路往壞的方向滾動，以至於崩潰。雖然關於這個我有很多話可以碎唸，不過我們只要知道最重要的一件事，那就是：自己要有判斷能力能夠分辨真偽。不管那個書中的黃泉神在我們生活的真實世界是以哪種面目存在。

在系列書的第一本，而且連必須完成重責大任的七個巫覡都還沒到齊的時候，推薦文的最後除了不停敲碗請出版社快快出版續集之外，也只能查字典了。「覡」的發音是「ㄒㄧˊ」，是「替人向鬼神祝禱的男巫」。《說文解字．巫部》：「能齋肅事神明者，在男曰覡，在女曰巫。」這本書中的主角有男生有女生，是巫覡沒錯；那猴子到底是巫還是覡？

推薦序

宛如現代小說版的密室逃脫——《天地方程式》

文／「藝數摺學」FB社團創辦人．新北市林口國中教師李政憲

記憶力過人的有禮，來到新學校栗栖之丘學園，認識了一位數學能力超強的同學Q，在這師生不到百人的校園中，兩人將激盪出什麼樣的火花？隨著故事進展，原來兩人的特殊能力，居然是天神賦予他們用來對抗邪惡的工具！為了要成為真正的「巫覡」，除了會接收各種符號並能與人溝通的猴子，他們還會在學校裡找到哪些一起奮鬥的夥伴呢？

《天地方程式1：誤闖隱身所》宛如一本現代小說版的密室逃脫，地點就發生在校園中！幾位主角們將利用他們的過人的記憶力與數學能力、浩克般驚人的腕力與敏銳的音樂才能，周旋於家人、老師與同學間，一一克服所遇到的困難，必須從名叫「隱身所」的異空間尋找出破綻，才能得以回到現實世界。

作者的寫作技巧高超，生動的文字極富畫面感，緊張的劇情讓人一看就停不下來，夾雜著詼諧的對話與主角們心中複雜的OS，以及解題時會用到的數學知識，在閱讀小說時，也可以跟著主角們一起成長，感受心情如同坐雲霄飛車般的起伏。

至於書中所提到的數學概念，從「數學是發現還是發明」的說明、六階魔方陣（作者還特別用圖形的方式設計呈現）的討論，到交連數的發現等等，都讓數學能力超強的Q可以好好的一展所長。如果您的數學還不錯，不妨在主角破解之前先試著解解看；如果您的數學不是很好也無妨，剛好可以看到數學的應用，如何在解決問題時發揮它強大的威力。

現在就請您拿起這本書，跟著主角一起體會解謎的樂趣吧！相信在看過故事之後，您也會跟我一樣，衷心期待第二集的上市。到時候還會有什麼樣的夥伴一起加入？主角們又會遇到什麼樣的危險與難題，該如何應用他們的超能力一一解決呢？天地方程式，等您來探索！

天地初發之時，於高天原成一神，其名為天之御中主神。次，高御產巢日神，

次，神產巢日神。此三尊神者，恂獨神成坐而隱身也。

次，國稚如浮脂，而誓猶水母之浮水上者。于時，若葦牙因萌騰之物而成神，

其名為宇摩志阿斯訶備比古遲神。次，天之常立神。此二尊神亦獨神成坐而隱身也。

——《古事記》

1 夢

田代有禮做了一個奇怪的夢。夢中的他和一隻猴子四目相對。那是靈長目猴科日本獼猴，學名為*Macaca fuscata*，但這隻日本獼猴看起來很大，體格和十三歲的有禮不相上下。

這隻大猴子每天晚上都出現在有禮的夢中，目不轉睛的注視有禮後，不知道對他說什麼。有禮因為聽不清楚，總是忍不住問：「你說什麼？」結果每次都醒了過來。他已經連續六天做了相同的夢，不，正確的說，夢境並不相同。每做一次夢，猴子就更靠近有禮。

昨晚的夢境中，有禮和猴子之間的距離應該只剩下幾步而已。和之前一樣，猴子仔細打量有禮的臉之後，用模糊不清的聲音不知道說了什麼。有禮聽到了猴子最後說的幾個字。

「……來吧。」

「你說什麼？」

有禮忍不住問道，然後就醒了過來。

搞什麼嘛！為什麼是猴子？他真想問問佛洛伊德，夢境中一直出現很大的猴子是在暗示什麼？

無論怎麼絞盡腦汁，他也完全想不透自己一直夢見猴子的原因。

第七夜的今天晚上，猴子終於來到他的面前，用兩隻腳站了起來，雙手垂在身旁。猴子把紅通通的臉貼了過來，目不轉睛的看著有禮的臉。猴子身上蓬鬆的毛好像隨時會碰到有禮的臉頰，讓他覺得很癢。他可以清楚計算出猴子臉上的每一根皺紋。

猴子一本正經的看著有禮，然後用模糊的聲音說：

「來理栖之丘，來吧。」

「你說什麼？」

有禮還是忍不住這麼問。

然後他就醒了。冬天黎明前的冰冷黑暗籠罩了房間，有禮在黑暗中，小聲的嘀咕著猴子在夢中對他說的話。

「來理栖之丘？」

吐出的白氣消失在黑暗中。他的腦海中浮現一個畫面——被釘在十字架的耶穌基督。耶穌當年是在各各他山的山丘上被處以磔刑。

但是，猴子叫有禮去各各他山？無論怎麼想，他都不認為自己會和猴子一起去耶路撒冷，更何況自己根本沒護照……

他胡思亂想著這些沒有意義的事，天就亮了，只好揉著惺忪睡眼去洗了臉，然後走去餐廳吃早餐，難得看到爸爸已經坐在餐桌旁了。

有禮的爸爸在出版社工作，因為實施什麼彈性工時制度，所以平時都比有禮他們晚起床。為什麼爸爸今天已經坐在餐桌旁等大家？有禮有點不安。日常的節奏遭到破壞，總會令他感到不安，他喜歡在固定的日子按照固定的節奏過日子。

「咦？爸爸，你為什麼這麼早就起床了？」

妹妹明菜跟在有禮身後走進餐廳，驚訝的問。

「有禮、明菜，你們先坐下。」

爸爸沒有回答明菜的問題，這麼對他們說。

有禮有一種不祥的預感。

因為他們兄妹本來就準備坐下來吃早餐，爸爸還特地叫他們「先坐下」，一定有特別的原因。有禮猜想爸爸接下來打算說什麼複雜的事，而且「先坐下」這個指示，也似乎在預告爸爸接下來要長篇大論。

有禮和明菜剛坐下，原本站在廚房的媽媽也走到餐廳坐了下來。

這是怎麼回事？一大早就要召開家庭會議嗎？

有禮不耐煩的嘆了一口氣，瞥了妹妹明菜一眼。

因為有禮忍不住想，是不是妹妹闖了什麼禍？但明菜也同樣露出充滿責備和疑惑的眼神瞪著有禮。

不是我啊。有禮在心裡嘀咕。

「有一件事要告訴你們。」

爸爸說完這句話，就陷入了沉默。有禮的腦海中接連浮現許多負面的想像。出版社倒閉？爸爸被出版社解僱了？爸爸盜用公款被人發現了？還是爸爸外遇曝光了？

這時，坐在爸爸身旁的媽媽說：

「我們要搬家了，我們買了一棟獨棟的新房子。」

「啊？」明菜尖叫一聲，「搬家？那學校呢？學校要怎麼辦？」

「轉學啊。」

媽媽的話音剛落，明菜就叫了起來：「不要！我不要！我不要！我不要！我絕對不要！我才不想轉學！我喜歡南小！」

「你在說什麼啊。」

媽媽鎮定自若的說。

「因為要搬家了，那也是沒辦法的事。搬家以後就沒辦法繼續讀這裡的學校。」

「不要！我不要和美子、小友分開，絕對不要！」

明菜帶著哭腔說完，抽抽噎噎哭了起來。有禮和爸爸很受不了的互看了一眼，但媽媽完全沒有被明菜嚇到。

「即使讀不同的學校，你們還是可以一起玩啊。更何況我們並不是搬得很遠，搭公車只要三十分鐘左右，到時候你可以請美子和小友去我們新家玩。」

明菜坐在餐桌前氣鼓鼓的低著頭，始終不願抬起眼睛，媽媽用開朗的聲音說：

「明菜，你之前不是看了報紙的夾報廣告，說那種房子很漂亮嗎？我們就是要搬去廣告上的地方。我們決定買新規劃的『栗栖台新城』內新建好的獨棟房子，學校也是今年四月才成立的新學校，是小學和中學在一起的九年一貫制學校。明菜，所以你可以和哥哥讀同一所學校。」

「我才不想和哥哥讀同一所學校！」

有禮聽到妹妹咬牙切齒的大叫很生氣，忍不住在心裡反駁：

當然啊，我也不想和你讀同一所學校。為什麼我要和讀小學的妹妹讀同一所學校！

媽媽勸情緒激動的明菜說：

「搬去新家之後，你就有新的房間了。」

明菜目前都睡在客房兼爸爸書房的兩坪多大房間內。自從有禮上小學後，她就搬出了原本兄妹兩人一起睡的三坪大兒童房，她一直對這件事耿耿於懷。

原本低下頭的明菜抬眼瞥了一下，媽媽立刻乘勝追擊。

「新家還有一個院子，可以養小寵物喔。」

「真的嗎？」

明菜終於被打動了，但足智多謀的媽媽沒有多說什麼，只是露出從容的微笑。

「總之，你和哥哥一定會喜歡我們的新家。新家比現在的家更大、更新，那一帶是全新的城鎮，學校也是新的。」

「學校叫什麼名字？」

「栗栖之丘學園。」

「什麼？」

始終沒有開口的有禮第一次開了口。

「什麼丘？」

媽媽看著有禮，再次緩慢的說了學校名字。

「栗、栖、之、丘，栗栖之丘學園。」

「栗栖之丘？」

有禮小聲嘀咕著，想起了夢境中那隻猴子紅通通的臉和模糊的聲音。

——來理栖之丘。

所以應該是「栗栖之丘」嗎？那隻猴子用模糊的聲音說的不是「理栖之丘」，而是「栗栖之丘」嗎？

——來栗栖之丘，來吧。

沉默了很久的爸爸終於開了口。

「我們在春假的時候搬家，你們要整理自己的東西，做好搬家的準備。」

有禮心不在焉的應了一聲，忍不住思考著夢境和現實之間奇妙的一致性。

來栗栖之丘，來吧。沒錯，猴子的確是這麼對我說。有禮想道。

那隻猴子並不是邀我去耶路撒冷觀光，而是來向我預告未來。

想到這裡，他忍不住不寒而慄，於是看向窗外，努力平靜起伏的心情。照在餐桌上的早晨微弱陽光中，似乎可以隱約感受到春天的氣息。

有禮的十三歲冬天結束了，即將迎接新的季節，他還不知道新季節的遠方有什麼在等著他。

2 Q

栗栖台新城的一天籠罩在春霧中。這裡的清晨和傍晚時分經常起霧，白色的濃霧掠過北側連綿山脈的山麓，飄往流向東方的栗栖川，覆蓋位在南方的鏡池，同時流往行經西側的國道方向。高山的山頂和高大的建築物從霧間探頭，在朝陽下閃閃發亮。當太陽升起之後，濃霧就完全消失，於是，栗栖台這座彷彿蒙上一層白紗的新興城鎮就會變得清晰可見。

有禮一家搬來新城已經快兩個星期了，但覺得栗栖台還是一座尚未完成的城鎮。雖然幾乎所有的道路都已經開通，整體架構大致完成，但到處都可以見到路面挖起後還沒有回填的情況。目前只有城鎮中心有房子和大樓，而且都集中在捷運站的北側到西側的一小部分地區。有禮和妹妹就讀的栗栖之丘學園就座落在這個未完成的城鎮中心。

今年三月，有禮和明菜分別完成了中學一年級和小學四年級的課程，如果在普通的學校，就會分別升上中學二年級和五年級，但在中、小學九年一貫制的栗栖之丘學園，有禮和明菜變成了八年級和五年級的學生。

搬來栗栖台之後的兩個星期，對有禮來說簡直是惡夢。有禮向來討厭變化，如果可以，他希望每天能夠以相同的節奏，重複做同樣的事。他喜歡像儀式般正確的重複每一天的生活。

早上出門時，他必定用右腳踏出第一步，然後走六百二十步來到校門口。走進校門時，也必定用右腳踏出第一步，走一百一十六步來到校舍的階梯前，然後再用右腳踏出第一步走進校舍。每次都用同一個腳踏出第一步，以相同的步數到達目的地，這就是有禮的原則。

每天吃早餐時，都把固定分量的穀片倒進固定的陶碗，倒入不多不少，剛好三百毫升的牛奶，用固定的湯匙吃早餐——這是有禮的原則，沒想到媽媽在搬家整理時，竟然把他的陶碗打破了。

有禮拚命忍住了想要大叫的衝動，接受了媽媽新買的瓷碗，心情當然很鬱悶。

四月七日開學典禮那一天，也發生了衰事。

新家到新學校之間的距離比以前的學校稍微遠一點。有禮無意識的計算著從家裡到學校的步數，走完七百一十一步時，來到了校門口。當以奇數的步數到達校門口時，接下來就要換用左腳踏步走進校門。

這樣很不妙。雖然他也搞不太清楚到底哪裡不妙，但對有禮來說，用左腳踏進新學校就像衣服反穿一樣不舒服。

所以，有禮情不自禁在校門口停下了腳步，調整心情，用力深呼吸，打算用右腳起步走進新學校。

就在這時，有人用力從背後撞了他一下之後衝進了校門。有禮的身體搖晃了一下，好不容易站穩，但立刻驚訝的看著腳下，他的左腳已經踏進校門內了。

他對去新學校的第一天，竟然是用左腳踏出第一步這個事實感到愕然，同時看著剛才推了自己一把的那個學生的背影。

那個學生瘦瘦高高，穿著學校制服的藏青色西裝外套和灰色長褲。有禮剛才被撞到時，瞥到他的領帶是綠色。這代表那個人不是和有禮一樣是八年級，就是比他大一屆的九年級學生。這所學校的制服領帶每兩個年級使用一種顏色，六、七年級是胭脂色，四、五年級是藍色。三年級以下的學生不穿制服，都穿便服上學。

那個學生邁著輕盈的腳步漸漸遠去，有禮瞪著那個高瘦少年的背影，再度拚命克制了自己想要大叫的衝動，慢慢走進了學校。

2
Q

開學典禮會場的體育館入口貼著集合地點的地圖和全校學生的名冊。令人驚訝的是，栗栖之丘學園從一年級到九年級的學生人數總共只有七十一人，人數最多的是一年級新生，有十一名男生和十四名女生，總共二十五名學生，其他所有年級的學生都不到十人。

人數最少的是有禮那一屆的八年級，和比他們大一屆的九年級。有禮所屬的八年級只有兩名男生和一名女生，總共三名學生。九年級則是只有兩名男生。

問題在於八年級兩名男生中的其中一人，就是在校門口撞到有禮的那個高瘦少年，更嚴重的問題是，那個人叫做Q。

Q當然是綽號，他的本名叫做廄舍修。他是有禮以前就讀的那所中學旁另一所中學的學生，但附近的中學生幾乎沒有人不知道Q的名字。

Q從中學一年級的時候開始，在各種模擬考試和學力測驗中，數學學科的成績每次都是滿分，每次都是第一名，所有人都會在成績單上看到第一名寫著「廄舍」這個難得一見的姓氏。

小學三年級時，他就已經可以輕鬆計算八位數乘法；中學一年級時，就可以笑著做完大學入學考試的數學考卷，然後在轉眼之間發現了學力測驗考題中的疏失，在考場內大發雷霆。在有禮所就讀的中學，也曾聽說這些關於Q的不知到底是真是假的傳聞。

Q的數字觀念超強，數學能力驚人，但不知道為什麼，他同時是個大白痴。他極端缺乏數學以外的能力，記性超差，就連班上同學和老師的名字也記不太清楚。有一次，班導師在上英文課時點名他回答問題，他站起來後，盯著老師的臉看了半天，然後問：「請問你是哪一位？」不知道他是真的忘了班導師的臉，還是在上英文課時，正在專心思考費解的數學問題，搞不清楚自己身在何地。

但是，有一點非常確定，那就是：Q是個超級大怪胎。

和這種人同班本身就是巨大的災難，再加上栗栖之丘學園的八年級生總共只有三個人。如果班上有三十人，就可以避免和討厭鬼有任何交集，但只有三個人的話，當然不可能不打交道。

有禮得知八年級的另一個男生名字叫廄舍修時，衷心希望他不是自己知道的那個人，但這個願望很快就落空了。

在各年級集合、等待開學典禮時，Q突然問了初次見面的有禮這樣的問題。

「407和350，你比較喜歡哪一個？」

有禮困惑的看著Q。應該還有其他更正常的問題吧？至少可以出類似「日本音樂和外國音樂」、「棒球和足球」、「日本料理和中國菜」的選擇題。有禮搞不懂407和350的比較基準到底是什麼？但無奈之下，他只能回答正在等待答案的Q。

「應該是……407吧？」

Q開心的露出笑容，點了點頭。

「我就知道。」

有禮完全搞不懂他「知道」了什麼，但清楚明白一件事。眼前這個傢伙一定就是傳聞中的Q。

Q喜孜孜的在一旁嘀嘀咕咕，說著有禮難以理解的話。

「407果然很棒吧，是4、0、7組成，而且是4和0和7的立方和，是很精確的、認真的數字。」

另一名八年級的學生名叫岡倉光流，是一個身材嬌小的女生。格子百褶裙和上面的藏青色西裝外套明顯太大，袖子也折了好幾折。白襯衫的領子上繫了代表年級顏色的緞帶代替領帶。

當站在一起拍紀念照時，Q、有禮和光流簡直就像穿著大、中、小號制服的模特兒。

開學典禮後，學生都回到各個教室，在班會時間自我介紹時，光流說她是從其他縣轉來的轉學生。

在光流自我介紹完後，Q突然探出身體問她：

「你，身高幾公分？」

2

Q

光流無視這個問題，但Q不屈不撓，又問了一次：

「我問你身高啊，你幾公分？」

光流坐了下來，生氣的瞪了Q一眼，很不耐煩的小聲回答說：

「153啦。」

Q一聽到這個數字，眼神立刻變了，興奮的對坐在他旁邊的有禮說：

「喂！你有沒有聽到？是153，也太巧了！」

「什麼？」

因為Q說的話太莫名其妙，令有禮感到混亂，他忍不住脫口問道。

「153也一樣，是由1、5、3組成，而且是1和5和3這三個數字的立方和，和你喜歡的407一樣。」

「我喜歡的407？」

有禮正受不了想反駁，講臺上傳來略帶遲疑的聲音。

「那個、你們安靜一下……」

說話的是八年級的班導師伊波甲大老師。有禮的肩膀抖了一下，但Q一臉若無其事，怔怔的看向窗外。有禮忍不住偷偷咂著嘴。

左腳。一定是因為左腳先踏進學校的關係。有禮一想到Q是這一切的罪魁禍首，又忍不住想要大叫。

接下來由Q進行自我介紹。他的自我介紹簡單到了極點。

「我是廄舍修。」

Q說完這句話，就坐了下來。

「喂，再多說幾句啊，這樣只知道你的名字而已。」

伊波老師露出討好的笑容對Q說，但Q根本不理他。Q注視著窗外，似乎已經進入了自己的世界。

「那接下來是田代。」

伊波老師不再繼續要求Q自我介紹，於是就輪到了有禮。

Q似乎完全不想聽他的自我介紹，光流也仍然把頭轉向一旁。有禮只好站了起來。

「我叫田代有禮。」

有禮說了自己的名字，伊波老師面帶笑容，卻微微偏著頭，看著放在講桌上的學生名冊。

「有禮這兩個字發a-le-i的音嗎？應該是a-li-no-li吧？」

有禮輕輕搖了搖頭，再度開了口。

「不。我的名字發音是a-le-i，一直都是a-le-i。」

伊波老師愣了一下，原本打算說什麼，但立刻露出沒有意義的笑容，不置可否的點了點頭。

「喔，是這樣啊！」

老師應該完全搞不懂為什麼會這樣，但放棄了深究，改變了話題。

「田代是從本市的三中轉學來這裡，所以算是本地人，你可以向岡倉多介紹這裡的情況。」

有禮沒有點頭。因為他覺得如果自己是本地人，從一中轉學來這裡的Q也一樣。伊波老師有點尷尬，心神不寧的低頭看著名冊。有禮見狀就坐了下來。

「呃，所以，岡倉光流、廏舍修和田代有禮（a-li-no-li）……，你們三個人是八年級的同學，這一年要團結友好。」

有禮小聲的說：

「我的名字要讀 a-le-i。」

伊波老師哈哈笑著掩飾自己的失誤，但並沒有用正確的發音叫有禮的名字。他可能覺得難以接受。

有禮的爸爸在長子有禮出生時，絞盡腦汁想為兒子取一個好名字。不知道是否因為工作上需要和文字打交道，還是因為是第一個孩子，所以特別重視，但凡事過猶不及，最後他在左思右想之後，為兒子取了和明治時代遭到暗殺的政治家相同的名字。

那位政治家頒布了諸學校令，在一八八九年帝國憲法發布當天，被國粹主義者的年輕人刺殺，隔天就死了，得年四十一歲。有禮難以理解爸爸希望自己仿效這個政治家什麼，所以他在小學三年級的時候，決定要在歷史上找一個自己更能夠接受的人物，而且他很快就找到了想要的名字。

在比明治時代早一千一百多年的奈良時代，有個名人叫做稗田阿禮。他具備了超強的記憶力，可以說出神話時期以來的所有歷史，據說日本最古老的歷史書《古事記》[1]，就是根據他的記憶記錄下來的。比起明治政府的第一代文部大臣，有禮對這個曾經是天武天皇近侍者的稗田阿禮更有親近感。因為他覺得這個稗田阿禮和自己很像。

有禮一旦記住的事，就不會忘記。

有禮看到的一切都會變成影像存進大腦，作為記憶保存。

簡單說來，有禮的眼睛就像是數位相機的取景框，透過取景框看到的一切，不是儲存在記憶卡中，而是記在腦海中加以保存，完全沒有遺漏。

所以，有禮已經記住了今天貼在體育館前，栗栖之丘學園的七十一名學生的名字，他並不是刻意記住每一個名字，只是像相機拍照一樣，大腦記住了按照不同學年列出的七十一名學生名字的名冊。

1《古事記》是日本第一部文字典籍，也是現存最早的日本文學與歷史著作，於西元七一二年由稗田阿禮口述，太安萬侶編寫，全書分為三卷。內容記載了日本的起源、諸神的由來，以及歷代天皇的相關事蹟與傳說。

有禮不知道自己和稗田阿禮的記憶系統是否相同。

但是，比起遭到暗殺的政治家，有禮對這個具備卓越記憶力的稗田阿禮更有共鳴。所以自從那天開始，他在自我介紹時，把田代有禮的「有禮」兩個字發成和「阿禮」相同的音。現在，無論是朋友、家人……就連當初為他取了有禮這個名字的爸爸，也都用和「阿禮」相同發音的「a-le-i」來叫他。

但是，沒有人知道有禮改變自己名字的發音，是為了向稗田阿禮致敬。有禮沒有把這件事告訴過任何人，更何況他總是小心翼翼不讓別人發現自己具備了超強的記憶力。即使是知道的事，他也會假裝不知道。考試時會故意寫錯幾題答案，雖然因為擔心被媽媽要求去補習班，所以他總是讓功課保持名列前茅，但絕對不會在別人面前炫耀遠遠超過普通中學生所掌握的大量知識。

伊波老師正在講臺上說明明天將舉行七、八、九年級學生的新學期訓練，和今後的安排。

光流正在寫筆記。Q仍然怔怔的看著窗外。

有禮忍不住想：日後應該會很麻煩。這裡和之前有三十五名學生的班級很不一樣，自己無法繼續在眾多學生的掩護下當一個普通學生，該如何讓自己在這個班級維持平均值？更何況怪胎Q、根本搞不清楚來歷的光流，和有禮之間存在所謂的「平均值」嗎？

正當有禮拚命克制幾乎脫口而出的嘆息時，Q突然向他探出身體，用勉強可以聽到的聲音問：

「對了，你喜歡質數嗎？」

有禮無法回答，忍不住用力嘆了一口氣。

3 迴廊

學校生活的第二天，有禮和其他八年級學生的第一、第二堂課是新學期訓練，第三節課之後開始正常上課。新學期訓練時，七、八、九年級會一起上課。

這一天，有禮的心情很好。他成功的將從家裡到學校的步數調整到七百一十四步，也成功的用右腳先踏進校門，總覺得接下來的一切都會很順利。

所以，即使在新學期訓練時，坐在旁邊的Q呵欠連連，不停的抖腳，甚至自言自語的說一些莫名其妙的話，他都沒有放在心上……不，是他成功的假裝自己沒有放在心上。另一個同班同學光流坐在Q前面的座位，每當Q抖腳波及她的椅背時，她就轉過頭，惡狠狠的瞪Q一眼，但Q永遠不會注意到她的視線。

有禮他們正在名為「多功能教育」的寬敞教室內。其實七、八、九年級總共只

3
迴廊

有十二名學生，根本不需要這麼大的教室。

兩名九年級學生、三名八年級學生，以及包括四名男生、三名女生的七名七年級學生按不同的學年，坐在寬敞教室的前方。

在新學期訓練時，Q只有一次露出了興奮的眼神。他巡視完多功能教室，打量坐在一起的各年級學生，心滿意足的嘀咕說：

「是質數。2和3，還有7……，全校學生的人數也是質數。這所學校的感覺很不錯……」

Q露出了幸福的笑容，好像在吃什麼美味無比的冰淇淋。

三名老師並排站在講臺上，主要由九年級的班導師，也是輔導老師的磯谷守老師發言。他是數學老師，好像很資深，聲音柔和響亮，身體很結實，手掌很大，雙眼炯炯有神。

七年級的班導師是名叫佐佐木真理子的年輕英文老師，個子嬌小，皮膚白皙，身體很圓潤，有禮覺得她長得有點像包子。

有禮的班導師伊波老師教七、八、九年級的國文，即使站在講臺上面對三個學年的學生，伊波老師似乎很窘迫的垂著眼睛，不時用窺探的眼神瞄向講臺下方。

磯谷老師每次一說話，七年級的學生就很捧場。七年級生在昨天和今天短短兩天的時間，似乎就已經建立了團結意識。九年級雖然只有兩個男生，但他們不時交談，相視而笑，或是相互點頭，和像一盤散沙的八年級大不相同。這種七零八落的感覺反而讓有禮感到安心，如果可以繼續像這樣不和任何人建立任何關係，也完全不用說話，不知道該有多輕鬆。如此一來，就不需要費心隱瞞自己超強的記憶力，也不需要努力偽裝成和同年級同學程度相差無幾。

「七、八、九年各個學期都有期中考和期末考，但第一學期沒有期中考，只有單元測驗和期末考，還有每年兩次的實力考試。」

七年級學生聽了磯谷老師這番話後的反應很誇張。

「不會吧！」

「真的假的？」

「怎麼可能！」

為什麼不可能？有禮心想。在開校前舉行的學校說明會上就曾經說過，學校的

七、八、九年級的課業和成績評分和三年制中學相同。

「社團呢？有社團活動嗎？」

七年級的男生問。

磯谷老師回答：「有啊，只是目前社團的數量並不多。運動社團只有桌球和田徑社，文化社團只有音樂社和創作社。」

七年級學生響起一陣噓聲。

「只有這樣而已？」

「沒有足球社嗎？」

「啊！我之前參加的是茶道社……」

有禮忍不住想，成立那麼多社團有什麼用？七、八、九年級的學生總共只有十二人，要怎麼踢足球？難道要所有人都參加足球社嗎？

即使聽到七年級學生吵鬧，磯谷老師仍然鎮定自若，面帶笑容的巡視學生後，用緩慢的語氣大聲說：

「因為目前學生人數還很少，等未來學生人數增加之後，社團數也會增加。五年級以上都要參加社團活動。」

「什麼！小學生也要參加社團活動嗎？」

從剛才就一直帶頭破壞新學期訓練的七年級男生再度抱怨起來。那個矮個子姓安川，有禮從剛才就對他說話時隱約帶著關西腔，和得意忘形的樣子感到很不爽。雖然他在新學期訓練一開始的自我介紹中，說他和有禮他們一樣，是從本地的小學轉學來這裡，但有禮猜想他應該是關西人。

磯谷老師糾正了安川的話。

「五年級的學生不是小學生，栗栖之丘學園沒有小學和中學的區別，大家都是同一所學園的學生。」

「但和小鬼一起活動很麻煩啊。」

安川明明也不高，聽到他這麼說，有禮很想翻白眼。

對有禮來說，社團活動根本不重要。他在之前那所中學時，也沒有參加任何社團，以後應該也不會參加任何社團。和為了社團活動吵吵鬧鬧的七年級生相比，一直抖腳的Q實在好太多了。至於一直用力瞪著Q的光流可能對社團活動也沒有太大的興趣。

這時，有禮的腦海突然閃過一個念頭。和這兩個人同班搞不好還不錯……磯谷老師轉頭看向講臺後方的掛鐘，「喔」了一聲。

「時間超過了，那就先休息一下。想去廁所的人可以先去，十分鐘後再回來，不要在走廊上吵鬧。」

除了早上開始上課，中午的清掃時間，以及第五節開始上課以外，其他上下課都不會敲鐘。因為一年級到六年級的上課時間，和七年級到九年級的上課時間長度不一樣，如果有鐘聲反而容易搞混。

七年級生吵吵鬧鬧的圍在一起討論社團活動的事。要參加哪一個社團？誰是指導老師？是運動社團好，還是文化社團比較好？

「學姐，你要參加什麼社團。」

一個七年級女生用撒嬌的聲音問八年級的光流。有禮察覺了危險，走出了教室。他並不是想上廁所，而是覺得如果有人找自己說話很麻煩。他打算利用十分鐘休息時間繞校舍一周參觀一下。

栗栖之丘學園的校舍很適合繞圈散步，口字形的校舍剛好圍住了長方形的中庭。也就是說，無論從校舍的哪一個位置出發，只要沿著走廊向前走，就會繞迴廊一周，回到原來的位置。

校舍是四層樓，迴廊的四個角落分別都有樓梯，四個樓梯分別使用了不同的顏色作為記號，這樣比較容易區分是東南西北哪一個校舍。

位在東南角落的樓梯是粉紅色，西南角落是藍色，西北角落是綠色，東北角樓的樓梯是黃色。

有禮決定從位在南側校舍一樓的多功能教室前出發，順時針繞校舍一周。這是他第一次繞校舍一周。

栗栖之兵學園的校舍最多可以容納八百人，目前包括老師和學生在內，最多不超過一百人，所以校舍內空空蕩蕩，每個樓層都有很多空教室。有禮他們七、八、九年級教室所在的南側校舍三樓總共有四間教室，其中一間教室是空的，而多功能教室在一樓，同一排還有兩間教室，分別是一年級和二年級的教室。

有禮走過廁所前，沿著走廊經過低年級學生的教室前。

3
迴廊

栗栖之丘學園的教室都是開放教室，教室和走廊之間使用拉門當作隔板。將拉門全部打開時，教室和走廊連成一體，空間就會變得很大。拉門的上半部是玻璃，即使關上時，站在走廊上也可以清楚看到教室內的情況。

一年級教室內有好幾個學生根本沒有認真上課，而是看著從走廊經過的有禮。終於，其中一個學生滿不在乎的站了起來，把腦袋貼在拉門上觀察著有禮。

「正田！你在看哪裡？趕快坐下來。」

有禮看著那個學生垂頭喪氣的被拉回座位，經過了一年級的教室，接著快步通過二年級的教室。因為他擔心自己走過去時，也引起二年級學生的好奇就麻煩了。

走過兩個教室後，有禮在教師辦公室前直角轉彎，踏進了西側校舍。

從多功能教室到教師辦公室前一共四十八步。是偶數！有禮轉過彎，心滿意足的從右腳踏進西側的走廊。

西側校舍的一樓是教師辦公室和玄關，還有寬敞的午餐室。那是可以容納一百人的大食堂。聽說開始供應營養午餐時，全校七十一名學生都會集中在這裡一起用餐。

站在目前空無一人的午餐室前，可以看到走廊的轉角。從教師辦公室到走廊的轉角為止是五十六步。今天的狀況很理想。

當他用右腳起步，走在北側校舍的走廊上時，周圍的空氣發生了改變。

北側的校舍和前方的東側教室目前幾乎沒有使用。北側校舍是製作營養午餐的廚房、保健室，東側校舍有五間普通的教室。不知道是否因為完全沒有人的關係，空蕩蕩的走廊感覺像隧道，鴉雀無聲，充滿了冰涼的空氣，散發出新的建築物特有的水泥和油漆的味道。

啪答、啪答、啪答。

空無一人的走廊上只聽到有禮的腳步聲。

「……？」

有禮停下了腳步，轉頭看向後方。因為他覺得好像有眼睛在注視自己，但當他轉過頭，卻沒有看到任何東西。剛才走過的走廊一片昏暗，靜悄悄的。

有禮有一種不寒而慄的感覺，忍不住小聲嘀咕說：

「好像傻瓜。」

他對自己在學校的走廊上莫名心生害怕感到很生氣。他轉過頭，加快腳步走了起來。但是……

他還是感覺到有視線看著自己，強烈的視線讓他的脖頸有一種刺痛的感覺。他沒有停下腳步，只是向身後瞥了一眼。

他沒有看到任何東西。空曠的校舍內只有他一個人在移動，只不過他還是無法消除自己被監視的感覺。

有什麼肉眼看不到的東西正在注視自己。當他腦海中浮現這個念頭時，一陣寒意貫穿全身。

有禮忍不住跑了起來。走廊的終點就在眼前。只要轉過前面那個彎，就是東側校舍。穿越東側校舍，就可以回到多功能教室所在的南側校舍。

答、答、答、答。

正當有禮準備衝向走廊的轉角處時，忍不住「啊」了一聲。

「嗚哇！」

有禮撞到了從轉角的另一側跑過來的人，他被撞得身體搖晃的同時，有一種奇妙的感覺。有那麼一剎那，他覺得周圍的空氣被肉眼看不到的某種力量用力推了一下。

「搞什麼，原來是你……」

撞到有禮的人說，有禮終於看到了對方。

「Q……舍。」

有禮叫了對方的名字後，兩個人都不約而同、慌慌張張的回頭向剛才經過的走廊張望。

有禮和Q站在北側校舍和東側校舍的走廊交界處，站在那裡可以同時看到兩個校舍的走廊。北側走廊和東側走廊都沒有看到任何活動的東西，兩條空蕩蕩的走廊昏暗，而且寂靜無聲。

「我覺得好像有人一直盯著我。」

有禮聽到Q的這句話，忍不住「啊」了一聲，倒吸了一口氣。

「你也是嗎？」

當有禮脫口問這句話時，這次輪到Q驚訝的反問。

3
迴廊

「啊？你說『你也是嗎？』代表你也是？」

兩個人互看了一眼，然後又看向空無一人的走廊。

「我們回去吧。」有禮說。

Q聽了之後，點了點頭。

「對，空蕩蕩的校舍感覺很嚇人。十分鐘的休息時間閒著無聊，所以我想繞校舍一周，但現在算了。」

原來有人和我想法一樣。有禮調整了心情，伸出右腳，踏向東側校舍的走廊。

Q也在有禮的身旁邁開步伐，這次並沒有感覺到任何視線。

那到底是什麼？有禮在空無一人的校舍內，努力克制著內心不斷膨脹的不安，一邊思考著。

有哪裡不對勁。無法用「只是心理作用」來解釋的不對勁到底是怎麼回事？是因為獨自走在空無一人的走廊上，所以變得神經質了嗎？或是搬家之後，還無法適應這裡的巨大變化，導致神經比平時更加敏感。應該只是這樣。但即使有禮努力這麼想，還是無法說服自己。

那才不是心理作用。他在內心大喊。

不安漸漸膨脹。他看到東側校舍走廊盡頭的轉角，只要轉過那個角落，就可以回到多功能教室。

這一次也要配合五十六步的步數，用右腳起步，踏向南側校舍的走廊。有禮在調整步數時，發現了一件奇妙的事。

步數增加了……

他在內心計算的步數已經達到五十八步。

五十八、五十九、六十……數到六十二時，才終於來到走廊的轉角處。

太奇怪了！西側校舍的走廊只有五十六步，為什麼東側校舍的走廊多了六步？

他帶著不解走過走廊的轉角，右腳開步，踏向南側校舍的走廊。

走廊上靜悄悄的。

「慘了……」

身旁的Q說道。

「休息時間已經結束了嗎？你不覺得太快了嗎？大家好像都已經回教室了。」

雖然繞校舍一周應該不需要十分鐘，但目前似乎只有Q和有禮還待在外面。

他們快步走向多功能教室，立刻再度感到驚訝。

「啊？」

Q驚叫一聲，有禮倒吸了一口氣。

多功能教室內空無一人。

「咦？大家去了哪裡？」

Q隔著拉門的玻璃向教室內張望。

有禮也站在Q身旁，心神不寧的看著空蕩蕩的教室。

哪裡不太對勁。有一種很不妙的感覺。

「你不覺得很奇怪嗎？」

Q說出了有禮內心的想法。

「也太安靜了，不只這間教室，好像整所學校都空了。」

有禮豎起了耳朵。

完全沒有任何聲音。完全聽不到平時校舍內應該會聽到的聲音。

教室傳出的聲音，走廊上的腳步聲，隱約的嘈雜聲，樓上的動靜……完全聽不到任何聲音。不安再度膨脹。

這時，有禮發現另一件奇妙的事。多功能教室的窗戶。面向戶外的窗戶外一片雪白。

霧？

什麼時候起霧了？剛才天氣還那麼好。有禮這麼想著，慢慢回頭看向後方。後方是沿著走廊，面向中庭的玻璃門。

但是，玻璃門外並沒有霧，只看到昏暗的中庭。

「咦，這是怎麼回事？外面突然起霧，但中庭卻沒有霧？怎麼回事啊？」

Q說話的同時，走向面對中庭的玻璃門。他隔著玻璃門，看著中庭和中庭上空後，又說了一聲：「咦？」

「上面真的一片雪白，太奇怪了，為什麼霧沒有降到中庭？」

我也很想知道答案啊。有禮心想。但他不僅不知道這個答案，而且對所有的問題都沒有答案。

3
迴廊

為什麼多功能教室裡沒有人？

為什麼校舍內鴉雀無聲？

為什麼校舍周圍被濃霧包圍，中庭卻沒有霧？

太奇怪了。無論如何都有問題。有禮覺得他們周圍發生了非常奇妙的事。

「我們去教師辦公室。」

有禮對Q說。

「嗯，好啊。」

Q也順從的點了點頭。

有禮和Q快步走在南側校舍的走廊上，準備去教師辦公室。先經過多功能教室，然後在走過一年級和二年級教室時，有禮發現這兩間教室內也空無一人。一年級和二年級學生剛才正在上課的教室內只剩下桌子和椅子，完全沒有半個人影。

「太奇怪了。大家去了哪裡？」

Q嘀咕著問。

一走到西側校舍，就可以看到教師辦公室的拉門。教師辦公室和教室不同，無法從走廊上看到裡面的情況。

有禮吸了一口氣，咚咚敲了敲門。因為學校規定，進入教師辦公室前要先敲門。

但是，辦公室內完全沒有任何回應，門內也靜悄悄的。

有禮和Q互看了一眼，有禮下定決心後，一口氣打開了拉門。

教師辦公室內也空空蕩蕩，完全看不到老師的身影。只有堆滿了資料和書籍的辦公桌，以及沒有人坐的電腦椅，完全沒有任何人的身影。

辦公室窗外也是一片濃霧。

太奇怪了。

有禮內心的不安又增加了一分，而且不斷膨脹，幾乎快擠出胸膛。

「你覺得是怎麼一回事？」

即使Q這麼問，有禮也不知道該怎麼回答。離開多功能教室，在校舍內走動才短短幾分鐘，學校內的所有人竟然都消失不見了。至少一樓的校舍除了有禮和Q以外，完全見不到其他人。

「他們去操場了嗎？還是都去了體育館？」

Q努力思考後說道，但有禮無法表示贊成。

外面的霧這麼濃，怎麼可能要求學生去操場？一旦走出去，恐怕連眼前一公分都看不到。體育館的話或許還有可能。但是，如果在離開多功能教室後短短幾分鐘內，大家就都去了體育館，那自己不可能沒有發現。從校舍去體育館時，必須從位在校舍東北角的小門走去通道，那道小門就在剛才有禮撞見Q的那個走廊轉角旁，其他同學不可能在有禮和Q完全沒有察覺的情況下，從那道小門走去體育館。

有禮陷入了沉默，Q心神不寧的東張西望。他巡視著空無一人的教師辦公室，又轉頭看著走廊。

「那是什麼？」

有禮聽到Q這麼問，轉頭看向走廊，忍不住倒吸了一口氣。

白色朦朧的東西正從教師辦公室旁的校舍玄關慢慢向走廊擴散。

「是霧，從外面飄進來的霧……」

有禮注視著緩緩飄過來的白色濃霧嘀咕道。

「好壯觀，簡直就像乾冰一樣，不知道會不會冰冰的。」

Q說著走向飄過來的濃霧，一隻腳踏進了濃霧，似乎在確認霧的感覺，但下一秒立刻「哇」的一聲，整個人向後一跳。

「怎麼了？」

有禮驚訝的問，Q臉色發白的看著自己從濃霧中抽離的腳，慢慢後退，然後身體抖了一下。

「不知道。我剛才把腳伸進去時，覺得一陣發麻，而且全身毛骨悚然。有點像血液倒流，我冷汗直流，心臟也跳個不停。我不知道該怎麼形容，好像……」

「好像什麼？」

有禮有點不耐煩的追問。

Q步步後退，逃離濃霧，看著有禮。

「有一種很可怕的感覺，我覺得……我覺得像是極度恐懼。好像被推入恐懼的深淵，不，好像我的腳被恐懼吞噬了。」

有禮也和Q一起後退，再度看著慢慢飄過來的濃霧。這時，他發現在地面蔓延的濃霧中，突然冒出了一個很大的氣泡，然後又消失了。那個大氣泡差不多像躲避球那麼大。

「怎麼回事？」

Q原本打算逃去剛才走來的南側校舍，如今看著濃霧出了神。

這時，又有一個大氣泡從濃霧中鼓了起來，好像在回答Q的問題。有什麼東西浮現在鼓起的大氣泡中。是眼睛！是眼珠子！氣泡的中央有一個像魚眼睛般圓滾滾的眼珠子。

眼珠子在氣泡中狠狠瞪著有禮和Q。

有禮覺得冷汗和恐懼一起從全身的毛孔噴了出來。

「哇！」

Q也一臉鐵青，向後一跳，遠離濃霧，撞到了走廊的牆壁。

兩個人愣在那裡，突然有一根柱子從霧裡冒了起來。包覆眼珠子的氣泡漸漸膨脹，然後變成了一根柱子。

白色的霧柱似乎在微微抖動，而且在抖動的同時，漸漸改變了形狀。

有禮愣在那裡，突然發現一件事。是人形！柱子在抖動的同時，漸漸變成了人的形狀。柱子上有的地方鼓了起來，有的地方凹了下去，有的分岔，有的越來越長，分別變成了頭、脖子、身體，還有兩隻手、兩隻腳。

白霧人形的頂端，位在臉正中央的眼珠子緩緩眨了一下，在原本閉起的眼睛張開的瞬間，白色人形好像流出了墨汁般變得漆黑。

一個人形的黑影站在有禮和Q的面前。

兩人面對影子，完全無法動彈。

眼前的發展令人難以置信，思考和身體都無法跟上腳步。他們甚至忘了呼吸，茫然的注視著突然出現在學校走廊上的獨眼影子。

「是……是不是該逃走？」

Q小聲嘀咕，有禮這才終於回過神。

「快跑！」

有禮說完，立刻轉身背對影子，朝向剛才走過來的南側校舍奔跑。不，應該說他試圖奔跑。

當有禮和Q轉過身，踏出第一步時，有什麼東西在地上蠕動，像黑色的海浪般退到牆邊，好像要避開他們的腳。

「怎麼回事？」Q愣在那裡。

是蟲子？有禮忍不住想。

那些東西看起來像是一群黑色小蟲子，又黑又圓的身體伸出好幾隻纖細的腳。

就像是幽靈蛛……

但是眼前這些小蟲子的黑色身體正中央，有一條白色的紋路。

巫……巫……巫……

接著，他們身後傳來刮擦金屬的聲音。

有禮和Q看了看牆邊的那群蟲子，又趕快看向身後。

「巫……巫……」

獨眼影子發出了聲音，從只有一個眼睛的臉部發出了可怕的聲音。

「巫……巫……覡……覡……」

巫覡？

影子的確說了這兩個字，無力垂在身體兩側的手臂伸向有禮和Q，然後朝他們走近一步。

「快！快逃。」

有禮再度說完，碰了碰Q的手臂，跑向南側校舍。

「喔喔！」

Q也跑了起來。

當他們跑過去之後，黑蜘蛛從他們身後的牆邊爬到地上。蜘蛛群就像黑色汙漬般聚在一起，跟在奔跑的有禮和Q身後。

這些傢伙到底是怎麼回事？有禮忍不住想道，Q再度說出了他內心的想法。

「這些傢伙在搞什麼啊……」

有禮不時瞥向身後，小聲的說：

「那些蟲子，很像幽靈蛛……」

「幽靈蛛？」

Q回頭看著身後的走廊。

有禮繼續說道：

3
迴廊

「只是幽靈蛛身上沒有那種小小的圓形紋路。」

「啊？所以是新種？我們發現了新種的蜘蛛嗎？」

Q有點興奮的叫了起來，腳步幾乎停了下來。

「你可別說要去抓。」

有禮立刻叮嚀，然後催促著Q在南側校舍的走廊上繼續奔跑。

「為什麼學校突然會出現那麼多蜘蛛？剛才根本沒有這些蜘蛛吧？」

Q邊跑邊偏著頭感到納悶。

「太奇怪了，這絕對太奇怪了。」

有禮第一次說出了自己內心的問號。

「這裡好像不是剛才的學校……」

有禮跑過空蕩蕩的教室前說道，Q注視著他。

「什麼意思？」

有禮繼續說道。

「沒有……氣味。」

「啊？」Q偏著頭問道。

有禮瞥了他一眼說：「完全沒有氣味，所有地方都沒有氣味。通常不是會有氣味嗎？當大家都集中在多功能教室時，就會有大家的氣味，教師辦公室也會有教師辦公室的氣味。這些校舍還很新，所以會有新的油漆和水泥沒有完全乾的氣味，但是，現在完全聞不到這些氣味，不是嗎？」

Q在有禮身旁邊跑邊用鼻子用力吸了一口氣。

「啊！被你這麼一說，好像有道理。真的完全沒有氣味。」

有禮瞥了一眼濃霧，它正撲向空無一人的多功能教室的窗戶，他們即將來到走廊的角落。

「不光是人消失了，聲音和氣味，還有……」

有禮轉過角落，無意識的在內心數著「一」，將右腳踏進東側校舍的走廊時對Q說：「學校周圍的景象也全都消失了。也許……」

「也許怎麼樣？」Q問道。

有禮回答說：「也許不是其他人去了哪裡，而是我們來到了某個地方。我們……

我們兩個人可能闖入了……這裡。」

「這裡？」

Q忍不住停下腳步東張西望起來。

有禮也跟著在走廊中央停了下來，再度仔細打量空無一人的校舍。

咦？

有禮覺得似乎有哪裡不太對勁。

這裡某些地方、某些東西和有禮所認識的學校不太一樣。

有禮和Q停下腳步，跟在他們身後的那群黑蜘蛛悄悄的聚集在他們的腳下。

「滾開！滾開！」

Q嘴裡這麼叫著，用力跺著腳。蜘蛛立刻散開了。

「哇！」

Q大叫起來。

「喂！你看！蜘蛛身體上的圖案！」

「什麼？」

有禮的思考被打斷，心浮氣躁的順著Q指的方向看去。

「你看！那並不是圖案！」

有禮和Q周圍的那些蜘蛛身上的白色斑紋看起來好像在閃爍。

怎麼回事？有禮忍不住定睛細看，然後恍然大悟。

Q說的沒錯，看起來像白色斑紋的並不是圖案。

「那是眼睛！」

Q大聲叫著。

「蜘蛛身上有一個眼珠子！」

那不是斑紋在閃爍，而是眼珠子在眨眼。

有禮感到全身的寒毛都豎了起來。

就在這時，一個聲音傳來。

「巫、巫……覡……覡、覡。」

「來……來了！快逃！」

Q大聲叫著，正準備拔腿狂奔，突然想到一件事，看著有禮問：

3
迴廊

「……要逃去哪裡？」

有禮也不知道該怎麼回答。

這條走廊的前方有一道小門，可以通往體育館。

但是，即使從那裡逃去外面，如果外面也被白霧籠罩，根本無處可逃。Q剛才一隻腳伸進濃霧時，就已經嚇得半死。那片濃霧一定具有某種毒性，當然不可能靠近。

被困住了……

這個想法緊緊勒住了有禮的心臟，冷汗和恐懼再度噴了出來。

那群獨眼蜘蛛悄悄的爬了過來，不停眨著身上的那隻眼睛。

「總之，先去小門那裡，如果那裡沒有霧……」

有禮瞥了一眼沒有起霧的中庭，帶著祈禱的心情說。

「巫……覡……巫……覡……覡……覡……」

獨眼影子的聲音在校舍內迴響，那個影子終於出現在走廊的轉角處。

有禮和Q一看到那個影子，便拔腿奔向小門。

但是，當他們只差幾步就跑到走廊轉角處時，發生了可怕的事。

白色的濃霧慢慢的從轉角處湧了過來。

有禮和Q慌忙停下腳步。

Q大叫起來：「哇哇！濃霧也從那裡蔓延過來了！」

被夾攻了！

兩人心臟發冷，身體因為恐懼而麻木。

「巫……覡……巫……覡……覡、覡、覡……」

獨眼影子從南側逼近。

濃霧從東北角落慢慢湧過來。

有禮和Q的前方和後方分別被影子和濃霧擋住，站在走廊中途無法動彈。

那裡是東側校舍最靠北側的教室前。

啊！

有禮終於知道剛才覺得哪裡不對勁了。

他脫口說出了內心的想法。

「我知道了！難怪步數增加了！所以東側校舍的走廊多了六步！」

「你在說什麼？怎麼了？」

Q不知所措的看著有禮，大聲的問。

「剛才走在這條走廊上時花了特別多的步數，這代表這裡的走廊比其他地方長，因為多了一間教室！」

有禮也大聲回答，指著眼前的教室。

「真正的學校沒有這間教室，原本只有五間教室，現在多了一間！這是第六間多出來的教室！」

「所以呢？」

Q可能想問：所以呢？那又怎麼樣？

有禮也不知道。即使知道哪裡不對勁，他也不認為可以幫助自己擺脫眼前的困境。

影子和濃霧緩緩向他們逼近。當濃霧中湧起一個巨大的氣泡，而且在氣泡正中央出現眼珠子時，有禮下定了決心，打開了眼前那間教室的拉門。

「這裡！」

「啊？這裡？」

Q陷入了混亂。

「巫……覡、覡、覡！」

影子已經來到他們眼前。

白色濃霧中，氣泡變成了柱子，越來越高。

有禮衝進了教室，那間原本不存在的教室，出現在東側校舍的第六間教室。

Q也慌忙衝進了教室。

有禮立刻關上了拉門。

有禮和Q用力喘著氣，相互看著對方，然後巡視著教室。

那是一間不尋常的教室。有禮他們學校的普通教室都是長方形，但這間教室看起來是長和寬幾乎相等的正方形。以有禮的步幅來說，其他普通教室面向走廊的那一邊長度是十步，但這間教室的一邊只有六步的長度。

而且，教室內空空蕩蕩，沒有桌椅，也沒有講桌、黑板，什麼都沒有。雖然不能說取而代之……但地板似乎別具匠心。

地上鋪滿了好像拼花地板圖案的正方形木板。

有禮巡視著根本無處藏身的教室，很後悔剛才衝進這裡。他向關起的拉門外張望，發現那些黑色蜘蛛爭先恐後的爬上玻璃。

一心想要遠離走廊的有禮退到正方形教室靠窗戶那一側的牆壁角落。

但是，Q仍然愣在教室的正中央，嘀嘀咕咕的自言自語。

「正方形喔。這間教室是正方形。正方形的地板，正方形的木板……呃，6×6是三十六塊……咦？等一下！這些木板的圖案……」

拉門的玻璃爬滿了黑色蜘蛛，已經無法看到走廊。

「6×6！我知道了！原來是魔方陣！」

Q突然大聲叫了起來，有禮忍不住「噓」了一聲，向Q打暗號。

「喂！你不要這麼大聲！那些傢伙不是會聽到嗎？快過來這裡！」

有禮竊聲說道，Q大吃一驚的看著有禮。

「那些傢伙是指蜘蛛嗎？蜘蛛有耳朵嗎？」

「啊？」

有禮被問倒了，閉上了嘴。蜘蛛似乎沒有耳朵，但腳上長了名叫「聽毛」的毛，可以代替耳朵功能，並感受空氣的震動。爬在拉門上的獨眼蜘蛛也有聽毛嗎？不，等一下，那些東西真的是蜘蛛嗎？

那個聲音在拉門外響起，玻璃似乎在震動。

「巫……巫……覡。」

Q又開始自言自語。

「正方形的木板中有三角形的木片。不，一塊正方形分割成幾片三角形的木片。木板透過兩條對角線，分成四個三角形。這塊是被兩條對角線和一條中心線區分，所以有六個三角形……那塊木板有十四個三角形……這裡是二十九個三角形……」

有禮目不轉睛的盯著拉門，突然繃緊了身體。

因為原本擠滿玻璃的蜘蛛突然開始移動，當蜘蛛移動後，兩個圓形的窗戶打開了。

獨眼影子從兩個窗戶把頭探進教室張望。

3
迴廊

不是一個，而是有兩個影子！

兩個獨眼影子都在向教室張望！

「咦？這塊木板有點奇怪？為什麼是3？根本不對啊，必須是11才對……」

Q似乎被什麼吸引了注意力，完全沒有察覺獨眼影子把頭探進了教室。

這時，兩個影子舉起了黑色手臂，然後像繩子一樣從拉門的縫隙把手臂伸進了教室。

「Q！」

有禮大叫一聲，從教室的角落衝了出去，抓住Q的手臂，然後用力拉著他逃離影子伸進來的四條手臂。

「嗚哇！」

Q瞪大了眼睛，他似乎終於發現了影子伸向自己的手。

四條手臂就像是黑色緞帶一樣飄舞著伸過來。

已經逃不掉了。

「嗚哇！」

有禮和Q同時叫了起來，身體向後仰，兩個人的腳撞在一起。

有禮踏出一步，支撐著身體，努力不讓自己跌倒，Q也雙腳用力試圖站穩。

他們用力踩地的腳踩到了同一塊木板。

就在這時。

他們周圍的空氣被看不見的力量扭動，周圍的景象也跟著扭曲起來。

遠處傳來兩個影子的聲音。

「巫……覡……巫……覡、覡、覡。」

「覡……覡……覡……」

4 逃走

當有禮回過神時，發現看起來扭曲的教室風景恢復了原狀，並安靜下來。

「咦？這裡……」

Ｑ一臉錯愕的看著空蕩蕩的教室。

令人驚訝的是，他們站在普通長方形教室的普通地板上，排放了桌椅的地面並沒有三角形的圖案。

「喂！廄舍！田代！」

有禮聽到有人叫自己的名字，驚訝的抬起眼，看到伊波老師站在打開的拉門外。

「你們在幹什麼！第二節課早就開始了！你們為什麼跑來空教室？」

有禮和Ｑ聽著老師的斥責聲，忍不住互看。獨眼影子和黑蜘蛛已經消失在拉門的玻璃外。

沒有了。那些傢伙消失了。

「那個到底是怎麼回事？」

Q自言自語著。他說的「那個」是指正方形的教室？還是爬上拉門的獨眼影子和蜘蛛？

自己真的逃離了那裡嗎？有禮這麼想著，小心翼翼的看向教室外。濃霧已經消失，窗外也澈底放晴，而且氣味又重新出現。有禮用力呼吸著油漆味和潮溼的水泥味，終於鬆了一口氣。老師看著有禮和Q一臉茫然的表情，用力打開了門。

「你們趕快出來。」

伊波老師用微微發抖的聲音說。

「今天才開學第二天，你們到底想幹麼？其他年級的學生都到齊了！說好十分鐘後要回教室也聽不懂嗎？你們到底在幹什麼！」

「因為迷路了……」Q老實回答，但只有有禮知道這是誠實的回答，伊波老師的太陽穴冒著青筋。

「別鬧了！怎、怎麼可能迷路？你、你們以為這、這種藉口行、行得通嗎？」

伊波老師因為情緒太激動，說話有點結巴。

「對不起。」

有禮泰然自若的鞠了一躬，反正即使說了實話，伊波老師也不可能理解。既然這樣，還不如趕快道歉，結束這個話題。

伊波老師因為憤怒而臉色發白，太陽穴上的青筋不停抖動，顯然很努力克制內心的憤怒。他用力吸了一口氣，然後把吸入的氣吐了出來，轉身邁開了步伐。有禮似乎聽到老師低聲嘀咕：

「不要小看我！」

伊波老師走向南側校舍，Q和有禮也跟在他的身後。

走在走廊上時，有禮覺得背後有一種發癢的感覺，好幾次都想回頭看，但都忍住了。因為他很擔心一旦回頭，就會被拉回那間正方形的教室，獨眼影子和蜘蛛又會出現。

Q走在走廊上時，又嘀嘀咕咕的自言自語起來。

有禮聽到了一部分他自言自語的內容。

「原來是魔方陣。六階魔方陣。定和是n（n^2＋1）÷2，因為n是6，所以定和應該是111。那塊木板果然有問題……」

伊波老師在通往南側教室的轉角轉彎。

有禮立刻跟著老師轉過了走廊，一踏進南側的走廊，立刻聽到了多功能教室的嘈雜聲，即使在走廊上，也可以聽到磯谷老師和學生說話的聲音。

伊波老師喀啦一聲打開了拉門，老師和學生都回到了原本空蕩蕩的教室。

當有禮和Q走進教室時，原本嘈雜的室內突然安靜下來，可以感受到所有人的視線都集中在他們兩個人身上。不，一個人除外，只有八年級的光流看著前方，完全不看他們一眼。

七年級的矮個子安川搞笑的小聲說：

「唉唷，大人物姍姍來遲！」

站在講臺上的磯谷老師目不轉睛的注視著他們兩個人說：「你們趕快坐下。」

有禮和Q在光流後面的座位就坐。

教室內再度恢復了安靜，所有人屏住呼吸，屏氣斂息的觀察著事態的發展。

不知道磯谷老師會對他們兩個人說什麼？教室內的所有人一定都在期待磯谷老師大發雷霆。

有禮盡可能露出事不關己的表情，假裝什麼事都沒發生過。他駝背坐在椅子上，雙手的手肘放在桌子上，看著眼前的黑板。

「對不起，他們在東側校舍的空教室內。」

伊波老師代替他們向磯谷老師道歉。

Q一臉發自內心放鬆的表情，懶洋洋的坐在桌子上，一雙長腿向前伸直，踢到了光流的椅子。光流又回頭惡狠狠的瞪著他。

但是，就在這時，有禮看到了難以置信的事，忍不住「啊」的一聲。

他忍不住整個人趴在桌子上，仔細的盯著黑板。

「啊？這是怎麼回事？」

黑板上用白色粉筆大大的寫著工整的字：

有禮和Q不在的時候，多功能教室內似乎決定了栗栖之丘學園第一屆學生會幹部成員。有禮想起磯谷老師剛才曾經提到：「下半學期之後，由全校一年級到九年級的全體學生投票決定，但本年度上半學期的學生會幹部，由八、九年級學生互選決定。」問題在於大大的標題文字旁寫的幹部名字。

學生會
會　長　江本匡史（九年級）
副會長　筒井　健（九年級）
副會長　田代有禮（八年級）
文　書　岡倉光流（八年級）
會　計　廏舍　修（八年級）

有禮在第三行發現了自己的名字，瞪大了眼睛。

4
逃走

副會長？這是怎麼回事！

「啊，我是會計！」

Q有點興奮的說。有禮面對眼前意想不到的狀況，腦筋一片空白。

「這是怎麼回事？為什麼？為什麼沒經過我同意就決定了！」

有禮難得把內心的憤怒直接說了出來。

「誰叫你自己不在教室！」

坐在前面的光流突然轉過頭，反駁著有禮。她的眼神仍然很凶，有禮有點被嚇到了。

即使這樣，有禮仍然忍不住不安的反駁。

「這根本是缺席審判。為什麼我要當副會長？誰決定的？」

「那要不要我來當副會長？」

Q不知道在開心什麼，用開朗的聲音插嘴問。

「不行！」

光流嚴厲的駁回了他的要求。

「你們剛才不知道溜去哪裡，現在才來說這些莫名其妙的話。」

Q的心情很好，但光流的心情似乎很差。

接著磯谷老師開口了。

「這是投票決定的，你們在投票的時候不在，所以就視為棄權，現在沒什麼好抱怨。」

磯谷老師雖然面帶微笑，但說的話卻很嚴厲。

「而且，你們倒是想一想，八、九年級總共只有五個人，所以每個人都必須擔任一個職位，不管是副會長或是會計不都一樣嗎？你們五個人要相互幫助，負責上半學期的學生會營運工作，誰擔任哪個職位都一樣，知道了嗎？」

Q注視著磯谷老師點了點頭，但有禮並沒有點頭，只是沒有繼續抱怨，並且靠在椅背上陷入了沉默，在第二節新學期訓練結束之前，都沒有再說過一句話。

第二節課終於結束，當有禮和Q走出多功能教室時，伊波老師叫住了他們。

「田代、廄舍，今天班會課結束之後，你們兩個人繼續留在教室。」

「為什麼？」Q天真無邪的問話似乎惹惱了伊波老師，有禮注視著伊波老師的太陽穴漸漸浮起的青筋，偷偷嘆了一口氣。

這下子有麻煩了。

「為什麼？難道你們完全不懂得反省嗎？新學期才剛開學，新學期訓練就遲到了整整二十分鐘……」

不要把我也扯進去。有禮忍不住想。雖然自己也沒有反省，但不要把自己和Q歸成同類一起罵。

伊波怒目圓睜的看著一臉茫然的Q和滿臉不耐煩的有禮。

「你們要好好解釋第一節課之後，跑去空教室三十分鐘，到底在幹什麼？我可不想聽你們說什麼『迷路』這種騙人的藉口。」

伊波老師最後用力瞪了他們一眼，走向教師辦公室的方向，似乎在警告他們做好心理準備。

Q注視著老師漸漸離去的背影，小聲對有禮說：

「你會不會覺得老師心情很不好？他在生什麼氣啊？」

這傢伙連老師為什麼生氣都不知道嗎？有禮忍不住暗想。

「簡直太慘了……」

沒想到要和這種傢伙一起挨老師的罵，更沒想到在畢業之前，一直要和這種傢伙同班……

Q並沒有聽到有禮的嘀咕，他已經快步走向通往三樓的粉紅色樓梯。

今天明明成功的從右腳踏進學校，沒想到幸運的預兆完全毀了。開學第二天，就被班導師盯上，而且在不知情的情況下，被迫成為學生會副會長。更慘的是，還在學校的走廊上迷了路。運氣也太差了！話說回來，為什麼會發生那種事？是因為什麼原因會出現那個空間？而他和Q又為什麼會闖進那個空間？伊波老師剛才說，要他們好好說明，但有禮還希望有人向自己說明一下這是什麼狀況。

這一天的第三、第四節課時，有禮一直想著那件匪夷所思的事，但無論怎麼想，都想不到任何合情合理的說明。

不僅想不透，而且越想越覺得自己所經歷的事沒有真實感，簡直就像是在做夢，或是看到了幻影。

Q完全沒有提那件事，這也是讓有禮缺乏真實感的原因之一。看到Q一直若無其事的打著呵欠，不停的抖腳，就忍不住覺得那其實是一場夢。

第四節課下課後，有禮、Q和光流三個人一起打掃教室。雖然新學期已經開始，但所有年級第一週都只上半天課。打掃完教室，上完班會課之後就放學了。

光流在打掃時也沒有對有禮和Q好好說話。

「那裡再多掃一下。」

「畚箕拿起來。」

「先搬開那張桌子。」

光流冷冷的發出指示，Q在她發出指示的空檔，小聲的對有禮說：

「你不覺得她的心情也很差嗎？為什麼每個人都在生氣？我們做錯了什麼嗎？」

不要把我也扯進來。有禮心想。在新學期訓練時，是你一直抖腳，影響到坐在前面的光流；也是你在踢到光流的椅子後，繼續自言自語。如果有什麼原因惹她生氣，是因為你，而不是我們。

雖然有禮這麼想，但他什麼都沒說。

打掃結束，伊波老師在班會課上簡單通知了明天的安排之後就下課了，然後對有禮和Q說：「你們在這裡等一下」，轉身走出了教室。

不知道伊波老師是要去確認學生指導手冊，還是有什麼需要優先處理的雜務，或是打算在對付這兩個難纏的學生之前，要先做好心理準備。

班會課一結束，光流比老師更早走出教室。

當伊波老師在走廊上漸漸遠去的腳步聲完全聽不到時，Q猛然站了起來。

「回家吧。」

「啊？」

有禮驚訝的看著Q。

Q再度一口氣說：「回家吧，機不可失。」

有禮注視著Q，但立刻下定決心站了起來。

「回家。」

有禮無意阻止Q逃走，既然這樣，就只剩下獨自留在這裡聽伊波老師說教，或是一起逃走這兩個選項。

有禮快速將兩個選項放在天秤上衡量，然後決定要逃回家。

4
逃走

即使留在這裡，也無法按照老師的要求，用合理的方式說明今天發生的事。他清楚的知道，老師繼續追究下去，事態只會更加惡化。

伊波老師發現有禮和Q逃走，一定會怒不可遏，但這樣的結果也許更理想。與其讓老師的怒氣集中在今天第一節課和第二節課之間那段空白的三十分鐘，還不如模糊他憤怒的焦點，讓他把注意力放在新的問題上。

有禮為了說服自己，列出了這些歪理，然後從伊波老師沒有關好的拉門縫隙中擠了出去，這時，有禮突然發現自己是先用左腳踏在走廊上。

有禮關門時，不經意回頭看了一眼沒有人的教室，突然有一種好像把昨天的自己留在那裡的不安。

違背老師的指示和Q一起逃離學校，並且從左腳起步踏向走廊的自己，到底還是不是和昨天一樣的田代有禮？

兩人站在西南角落的藍色樓梯前正要下樓，這時聽到從樓下的走廊傳來的腳步聲。

「往這裡走。」

Q立刻衝上了樓梯，對著有禮叫了一聲。

「我們從綠色的樓梯下樓。」

有禮點了點頭，跟著Q上了樓。Q對他露齒一笑。

「今天一直都在逃。一下子逃離獨眼妖怪，一下子逃離老師。」

Q的這句話，告訴了有禮一件事：

今天所發生的一切都是真的。

「走吧。」

有禮簡短的說完，在西側的走廊上跑了起來。他已經不在意剛才左腳先踏出第一步這件事。

5 超商

有禮和Q一口氣跑過西側的走廊，又一口氣衝下位在走廊另一側角落的綠色樓梯來到一樓。有禮跑過午餐室，衝向校舍玄關時，無法不看向走廊的黑暗，因為他總覺得那個獨眼影子不知道躲在哪裡。

但是，兩個人轉眼之間就跑到了鞋櫃前。

雖然獨眼影子和蜘蛛都沒有出現，但仍然覺得脖子有一種刺刺的感覺，很擔心伊波老師隨時會追過來。他們急急忙忙換好了鞋子，從玄關衝進春天的天空下，頭也不回的跑了出去。

他們像子彈般飛快的衝出校門，在馬路的第一個轉角處轉彎後，才終於停下腳步，用力喘氣。

Q靠在馬路旁的水泥圍牆上按著側腹，突然笑了起來。呵呵呵。Q不出聲的竊笑著。他呼吸急促，再加上拚命克制笑聲，有點喘不過氣的說：

「我們逃走了……我們突然逃走了。」

柔和的春風吹過他們之間，有禮覺得太滑稽了，也忍不住笑了起來。即使他努力想要克制，仍然無法止住笑聲。於是他在急促呼吸的同時，也抽動著肩膀呵呵笑了起來。

「伊波老師應該很生氣吧。」Q又說。

「你也太過分了吧？一開學就逃避老師的說教。」

有禮努力板著臉，瞪著Q。

「你哪有資格說這種話，」Q笑著反駁，「你應該制止我啊，幹麼和我一起逃。」

兩個人的視線短暫交會，下一剎那，終於忍不住放聲大笑起來。一旦放聲大笑，就再也停不下來了。

有禮和Q幾乎把肺裡所有的空氣都用盡，才終於停了下來。

5
超商

「要不要去便利超商？」

當Q這麼問的時候，有禮點了點頭。我為什麼會和Q一起行動？有禮內心有點納悶，但還是跟著Q一起往前走。Q沒有走向捷運站附近的超市，而是走向新城的北山方向。

「我要去超商買午餐，我請你。」

有禮聽到Q這麼說，搖了搖頭。

「不用了，我媽今天給了我午餐費。」

Q聽到有禮的回答，沒有再多說，只是應了一聲「喔，是喔」，就繼續走路。

此時此刻，有禮的媽媽和明菜，正開車前往舊家附近，準備和明菜以前的同學、同學媽媽一起吃午餐。

「今天我要和明菜一起去吃午餐，不好意思，你就自己吃午餐，可以買你喜歡吃的東西。」

今天早上，媽媽這麼對有禮說，然後拿了午餐費給他。

「我們大約五點左右才會回家。因為吃完午餐之後，明菜還要去之前的鋼琴老師那裡上課。明菜說，無論如何都想跟著以前的老師上每週一次的鋼琴課，而且馬上要舉行發表會了。」

媽媽好像辯解似的說完這番話，拿了一張千元大鈔給他，所以他有足夠的預算可以去超商買午餐。

Q去的那家超商位在城鎮外圍道路的公車站前，有禮在今天之前完全不知道那裡竟然有超商。那裡是捷運站前出發的公車路線終點，馬路對面那片區域正在整地，準備建造獨棟別墅和低樓層公寓。

超商的老闆可能認為比起日後準備吸引建商建造購物商圈的城鎮中心，超商開在住宅區附近的公車沿線生意更好，只不過目前周圍的住宅還很稀稀落落，公車站後方就是新城北側的連綿山脈。

光禿禿的地面和位在一大片綠意邊界的超商，有一種和周圍格格不入的感覺。

但是，超商旁邊寬敞的停車場內停了好幾輛來自附近工地現場的作業車，那些正在車上午休的叔叔大口吃著便當和泡麵。

停車場雖然很熱鬧，便利商店卻門可羅雀。

5

超商

要買什麼呢？有禮巡視著店內，Q毫不猶豫的從架子上拿了幾樣商品。

Q拿著一碗大碗泡麵、美乃滋海底雞飯糰和一盒水果牛奶拿去收銀臺，然後對店員阿姨說：「老樣子。」

老樣子？有禮在心裡重複了一次，一臉驚訝的看著Q。這傢伙已經是這裡的老主顧了？

超商的阿姨板著臉，聽到Q的話之後，默默打開收銀臺旁的保溫櫃，拿出一盒椒麻雞，然後默默在泡麵裡倒了熱水，把所有商品放在一起後，用收銀機計算後報了金額。Q遞上了從口袋裡拿出來的千元紙鈔。

「這個超好吃。」

「是喔……」

有禮意興闌珊的回答，順手拿了炸雞塊便當和一瓶麥茶走去收銀臺付了錢。

「便當要加熱嗎？」

收銀臺的阿姨冷冷的問，有禮默默搖了搖頭。

「我們去後面的公園吃便當。」

Q走向自動門時對有禮說。有禮不知道後面的公園在哪裡，但拎著裝了便當和保特瓶飲料的袋子，默默跟在Q的身後。

公園位在超商後方的山上。通往後山的步道入口，就位在隔開人行道和後山的圍欄中間。自從有禮搬來之後，當然還沒有來過這裡。

在漸漸茂盛的雜草和雜木裡，有一條蜿蜒曲折、坡度很陡的枕木階梯。正當有禮開始後悔答應Q的邀約時，終於看到了階梯的終點。

走上階梯後，有一個位在半山腰，可以眺望整個城鎮的小型廣場，雖然沒有任何遊樂設施，但那裡似乎就是公園。

Q立刻走去廣場角落的長椅坐了下來，打開在超商買的午餐。有禮調整著急促的呼吸，看著腳下的城鎮。

新誕生的城鎮座落在一望無際的藍天之下。光禿禿的地面、稀疏的民宅、行駛在路上的車子，還有建在城鎮正中央，成為地標的栗栖之丘學園。他怔怔的看著腳下的這一切，春風迎面吹來，搔著他滲著汗水的身體。

「我經常來這裡，這裡的視野很好，感覺很舒服。我常在這裡吃飯。」

Q說完，吃了一口泡麵，然後嘆了一聲：「嗚哇，麵都糊了。」

從在山麓的超商加熱水到現在，早就過了三分鐘，泡麵怎麼可能不糊掉？既然經常來這裡，應該可以想到這種事。有禮忍不住這麼想。

他在Q旁邊的長椅上坐下打開便當，Q吃著泡麵，抬眼看著他，有點口齒不清的說：

「你這個人，是不是有點怪？」

「蛤？」

有禮原本準備送進嘴裡的炸雞塊停在半空，露出凶狠的眼神看著Q。

Q看著有禮，似乎覺得很有趣，突然小聲的說：

「八十二。」

Q看到有禮一臉困惑，微微揚起了嘴角。

「我是說我們剛才走上來的階梯數。」

不需要他提醒，有禮也知道。因為剛才走那段很陡的階梯時，他就無意識的在心裡數了起來。

Q稀里呼嚕吃了一口泡麵後又開了口。

「九百一十一。」

有禮小心謹慎的看著Q，因為他不知道「九百一十一」這個數字代表什麼意義。

「是我從校門口走到超商門口的步數，你是不是也數了？」

Q拿起泡麵的大碗，咕嚕咕嚕喝著湯汁後，直截了當的問。有禮沉默不語，但在心裡偷偷點了頭。有禮從學校到超商的步數是「九百七十二」。Q再度開了口。

「你剛才在那個有正方形教室的學校走廊上不是說『步數增加了』？不是說東側校舍的走廊多了六步嗎？所以我在想，啊，這傢伙隨時都在計算步數。」

「並不是隨時。」

有禮口齒不清的反駁，但那是說謊。他總是不自覺的在計算步數。

Q微微皺起眉頭說：「如果不是隨時都在計算步數，不可能發現那種事，但既然你說『並不是隨時』，就當成是這樣吧。你為什麼要計算步數？」

「啊？」

Q看到有禮不知所措的樣子，又問了一次：

「你為什麼要計算自己的步數？你有沒有想過自己為什麼會計算步數？」有禮這次也無法回答，只能再次陷入沉默。因為每次走相同的步數，走相同的路線會感到心情很暢快？因為每次停下腳步之後，都希望用右腳起步？但當有人問：「為什麼要這麼做？」他根本無法回答。因為他也不知道自己為什麼會在意步數這種事。

Q看到有禮無法回答，繼續說了下去。

「我以前曾經迷上數數，應該是三歲左右……」

有禮聽到有人在三歲時迷上數數有點驚訝，但覺得這種事的確有可能發生在Q的身上。

Q又說：「我不知道自己是怎麼學會數字，也不清楚怎麼會知道有數字這種東西，當我回過神時，發現自己開始數所有的東西。首先是鞋子。把家裡所有的鞋子都排在一起，然後在玄關數，而且每天都非數不可。」

有禮覺得這樣的三歲小孩很煩人。

「還有雨傘、書架上的書、晒衣夾、碗櫃裡的杯子、湯匙、筷子……每一樣東西都非數不可。應該說，只要數清楚，心情就很舒暢，好像鬆了一口氣，有一種幸福的感覺。」

鬆了一口氣？幸福？

有禮在內心反問，Q又繼續說了下去。

「因為數字不是很有規律嗎？首先是1，然後一個一個依次增加，無論到什麼時候，這種簡單的規律絕對不會動搖，永遠持續下去。中途不會跳過一個或是兩個，每個數字都規規矩矩的排列。這麼一想，就覺得超安心。雖然這個世界看起來亂七八糟，雜亂無章，但其實存在著絕對不會改變的架構，貫徹著不可動搖的體系，光是這麼想，就可以令人感到安心，所以在我小時候，整天都數數。」

有禮沒有吭氣，但覺得能夠理解Q說的話。因為他最喜歡生活在不可動搖的規則，以及不會遭到破壞的秩序之中。有禮在回想之後發現，自己也許是為了在這個紛擾的世界自我保護，才會努力試圖為自己建立避難所——像是計算步數，用同一隻腳踏出第一步，在熟悉的碗中倒入定量牛奶吃穀片的儀式。在有禮想著這些事的時候，Q繼續說道。

「我認為數字是人類的重大發現。」

Q說到這裡，注視著有禮，又重複了一次。

「這是重大發現，這一點是重點，並不是發明。你知道嗎？科學的法則和公式，全部都是發現，而不是發明。所以，無論發現了多麼了不起的公式，都沒有所謂的專利。畢氏定理、費氏數列、費瑪最後定理、歐拉公式，都只是被發現而已，數字也一樣，無論1、2、3，√和負數，還有π、e、i，全都是原本就存在了，只是很久以來，都沒有人發現它們。因為人類發現了數字，所以才稍微了解這個世界的玄機。」

「玄機？」

有禮小聲問。Q開心的點點頭，看著有禮。

「因為人類在發現數字之前，無法計算一天、一個星期、一個月和一年的時間，地軸的傾斜角度、地球公轉軌道的距離，不都是在發現數字之後，才終於了解的嗎？在那之前，一直以為星星都是在天空中亂飛，月亮也是一下子變大，一下子變小，有時候因為神明發脾氣，所以大白天也看不到太陽，但其實並不是這樣。」

Q的眼睛發亮。

「之後才發現，這些事是建立在固定的秩序和法則的基礎上。神明……嗯，如果有神明的話，神明並不是隨隨便便創造一個世界，也不是情緒不定，隨便干涉這個世界，而是在非常縝密的計畫基礎上，創造一個完美的世界。人類因為發現了數字，所以理解了一部分神明的設計圖。比方說，地球的地軸相對於公轉軌道傾斜了二十三點五度，因為這個傾角的關係，導致了一年四季的不同，以及地球用二十三小時五十六分四秒自轉，因為自轉的關係，又有了日夜之分這些玄機。我再說一次，重要的是，這些並不是人類的發明，而是在人類發現它們的很久很久之前就已經存在，成為這個世界的體系而發揮功能。在牛頓發現萬有引力定律的很久之前，兩個物體之間的萬有引力就一直和兩個物體的質量乘積成正比，和距離的平方成反比。是不是很厲害？」

「嗯……也許吧。」

從Q說到萬有引力的法則開始，有禮就有點聽不太懂，所以不置可否的點了點頭，但又覺得能夠理解Q的興奮。

Q終於吃完泡爛的泡麵，喝著碗底剩下的湯汁。當他喝完之後抬起頭，一臉幸福的吐了一口氣。

「至於我為什麼會喜歡數學，是因為我對這個世界的玄機很好奇。你知道嗎？鸚鵡螺的螺旋放大五百萬倍之後，就變成了颶風的卷雲。如果擴大六十兆倍，就和螺旋星雲的形狀完全一致。乍看之下完全沒有關係的東西，其實存在著交集。是不是很不可思議？1．618這個數字把看似無關的東西連在一起，如果沒有數字，我們根本無法在混沌中發現神明的設計。我相信數字是解讀神明設計圖的語言。」

這時，有禮內心浮現一句話：

太初有話，話與神同在，話就是神。

這是《新約聖經．約翰福音》的第一句話。

準備吃椒麻雞和飯糰的Q瞥了有禮一眼。

「你這個人真的很奇怪。」

有禮很生氣的瞪著Q。

Q笑嘻嘻的吃著飯糰，然後一邊咀嚼，一邊對有禮說：

「你別誤會，我說你很奇怪，並不是因為你整天在數步數，而是我覺得……你竟然很有耐心聽我說話。」

「啊？」有禮偏著頭，Q看著他，再度笑了起來。

「因為我每次說數學的事，大家不是打呵欠，就是改變話題，或者乾脆走開。只有你從頭到尾聽完。所以我覺得你這個人很奇怪。」

「真抱歉啊，我是個怪胎。」

有禮這麼嘀咕完，大口吃著便當，然後突然想到了他剛才一直想問Q的問題。

「對了，剛才在正方形的教室裡，我聽到你說了什麼魔方陣。」

「嗯，我說了啊。」Q點了點頭，「那個魔方陣有一個數字不對。」

「那個魔方陣？哪個魔方陣？」

有禮又聽不懂他在說什麼，慌忙問Q。

Q吃著椒麻雞，看著有禮說：

「你應該知道魔方陣吧？」

有禮點了點頭。

「我知道啊，就是在4×4或是5×5等橫行和縱列相同數目的矩陣中，填入數字，每一排數列的總和都相同的那個吧？」

「沒錯沒錯，再稍微補充一下，每個方格中要填入1到方格總數為止的不同數字。如果是4×4的矩陣，就要填入1到16，如果是5×5，就要填入1到25的數字。縱列、橫行和對角線的數字總和都要相同。」

Q又繼續說了下去。

「那個正方形教室的地板就是魔方陣，地上鋪了橫向六塊，縱向六塊，總計三十六塊正方形的木板，也就是6×6的矩陣，在每一塊代表方格的木板上，有1到36的數字。」

「數字？哪裡有數字？」

有禮完全沒有看到那個教室的地板上寫了什麼數字，每一塊木板都只有拼花地板的三角形圖案。

Q把雞肉吞了下去，再度開口。

「那間教室不是每一塊地板的圖案都不一樣嗎？有的被一條對角線分成兩個三角形，也有的被兩條對角線分成四個三角形，還有的是四個三角形中，有一個繼續被分成兩個。因為我很納悶，為什麼所有木板的圖案都不一樣？所以就數了一下三角形的數目，在數了兩、三行之後突然想到，木板上三角形的數目代表了數字……不，應該說是被分成幾塊所代表的是數字。如果是分成兩塊，木板上有兩個三角形，就是代表2；如果分成四塊，有四個三角形，就是4；沒有分割的木板就是代表1；如果被分成十二塊，就代表12……那個教室的地板剛好是6×6的矩陣，如果每個格子都填上1到36的數字，就可以成為魔方陣。接下來只要考慮排列的方法，讓橫、縱、斜向的六排數字的總和全部相同。事實上，那個教室的地板的確用這種方式排列數字，幾乎完美——」

有禮一邊聽Q說話，一邊吃炸雞塊便當，聽到這裡時插了嘴。

「幾乎完美是什麼意思？」

Q喝了一口水果牛奶，又繼續說了下去：

「魔方陣所有行、列和及兩條主對角線和都相等，稱為定和。定和有固定的公式，6×6魔方陣的定和是111。那個正方形地板的魔方陣的橫行、縱列和對角線上的六個數字總和幾乎都是111，但有一塊錯誤的木板混在其中，所以那塊木板周圍的定和有問題。在應該是11的格子裡，竟然出現了3……」

「你的意思是說，3的木板和11的木板位置放反了嗎？」

有禮問，Q搖了搖頭。

「不是，另外有一塊3的木板，它的位置完全正確。不知道為什麼，原本應該放11的數字的地方，放了第二塊3的木板，所以定和出了問題。在那個教室的地板上完全找不到11的木板，在1到36的數字中，唯獨缺了11，但有兩塊3，所以無法完成魔方陣。」

「為什麼那裡會發生錯誤？」

有禮吃著最後一口冷掉的炸雞塊思考著。

「不知道。」

Q又喝了一口水果牛奶，然後想起什麼似的看著有禮。

「但是，那塊錯誤的木板就是我們兩個人一起踩到的那一塊。」

「我們一起踩到的那一塊？」

有禮吞下了炸雞塊反問，Q點了點頭回答說：

「是啊，我們當時驚慌失措，腳絆到了，差一點跌倒。結果我和你就用力踩在同一塊木板上。那一塊就是錯誤的3。對角線把正方形分成兩個三角形，其中一個三角形又再被分成了兩個三角形，所以代表了3這個數字。」

朦朧的疑問在有禮的內心翻騰。

那個正方形教室在真實的栗栖之丘學園校舍一樓並不存在。

而那個教室地板的魔方陣中，第二塊3的木板是不應該出現在那裡的要素。

錯誤教室內的錯誤數字，當踩在寫了這數字的木板上時，有禮和Q回到了真實的學校。

為什麼會這樣？這件事有什麼意義？

有禮注視著空便當盒，陷入了沉思，Q在他一旁用力伸了一個懶腰。

「差不多該回去了？反正便當也吃完了。」

「喔。嗯……」

有禮正在思考Q剛才的話，心不在焉的回答。Q把散在一旁的垃圾都塞進超商的塑膠袋裡。

「呿，泡麵的蓋子被吹去那裡了。」

Q說完，從長椅上站了起來，突然「嗚喔喔喔」的叫了起來。

有禮嚇得聳起了肩膀，瞪著Q。

「幹麼？不要發出怪聲音。」

但是，Q完全沒有看有禮，他愣在原地，背對著有禮，注視著廣場上某一點，一動也不動，而且說了一些莫名其妙的話。

「怎麼回事？那傢伙是從哪裡冒出來的？」

「什麼？」

有禮在問話的同時轉過頭，順著Q的視線望去。

「嗚……」

有禮發出了呻吟。

奇妙的東西出現在原本空無一人的廣場正中央。

是猴子。一隻大猴子。

那隻大猴子離有禮和Q坐的長椅不到十公尺。

猴子坐在小廣場的正中央，紅通通的臉上露出嚴肅的表情，一直盯著他們。

有禮有一種似曾相識的感覺，腦海中浮現出夢境中面對猴子的情景。就在這時——

「跟我來。」

有禮的腦海中突然響起一個模糊的聲音。

啊？

有禮一時不知道那個聲音從哪裡傳來，忍不住東張西望。

「這裡，跟我來。」

猴子站了起來，轉身背對著有禮他們，向廣場的深處慢慢邁開步伐。牠翹著屁股，雙手撐地，走路的確很有猴子的樣子。

猴子走到廣場盡頭時直起身體，轉頭看著有禮和Q。

5
超商

然後，有禮又聽到了那個聲音——

「跟我來，有事要告訴你們。」

「猴子……猴子在說話！那隻猴子在說話！」

Q抓住有禮的手臂搖晃著說。

有禮費了好大的勁點著頭，再度想起了夢中的猴子。

有禮愣在那裡，Q費力的擠出聲音說：

「那傢伙……那傢伙，該不會就是出現在我夢中的猴子……」

「啊？」

有禮感到混亂，看了看Q，又看了看猴子，忍不住問：

「夢？你也夢見猴子說話嗎？」

Q瞪大了眼睛看著有禮。

「咦？什麼？你也是嗎？你也夢見猴子說話？所以，這也是夢嗎？」

雖然搞不懂Q為什麼會得出這也是夢的結論，但有禮很想擁抱這個意見。如果

可以把今天在學校發生的事，眼前發生的事都當成是一場夢，當成是一個很漫長、

很漫長的夢，心情就輕鬆多了。

但是，猴子在廣場角落無情的說：

「不是、夢。」

有禮和Q只能互看著對方。

猴子轉過頭，一動也不動的看著他們兩個人，然後，有禮再度聽到那個聲音。

「跟我來，這裡。」

有禮聽著那個聲音，瞥了一眼通往山下的階梯。

如果直接衝下陡梯，能夠逃離猴子嗎？

「怎麼辦？要逃走嗎？」

Q可能察覺到有禮的視線，小聲問他。

這時，猴子發出了分不清是「吼」還是「呱」的真實吼叫聲。

「哇，猴子生氣了！牠知道我們想要逃走吧？」

這時，又聽到了那個模糊的聲音。

「跟我來，有事必須告訴你們。」

5
超商

這個聲音和剛才的咆哮聲不同，好像是直接在腦袋中響起，就像夢境中一樣，沒有距離的感覺。

那個聲音彷彿在告誡他們似的說：

「我會告訴你們，今天遭遇了什麼事？告訴你們，你們闖進了什麼地方？你們為什麼會闖進那裡？為什麼能夠逃離那裡？我會告訴你們。所以，跟我來。」

一直注視著猴子的Q說：

「那就去看看。」

有禮也注視著猴子，小聲的說：

「可能是陷阱。」

「嗯，」Q點了點頭，然後對有禮說：「但你不是想知道答案嗎？」

有禮沉默了片刻，然後對Q點了點頭說：「嗯。」

Q看著有禮，露齒一笑。

「那我們走吧。」

抬頭一看，猴子已經邁開步伐。猴子龐大的身體將草叢撥開，出現了像是小徑的入口。

小型廣場深處有一條狹窄的小徑通往山頂。

「咦？這裡有這條路嗎？」

在Q嘀咕的同時，猴子沿著那條小徑上了山。

有禮和Q也邁開步伐，穿越了廣場。

6 猴子

這是一條古道。

有禮一踏進從廣場深處向山頂延伸的小徑時，立刻發現了這件事。小徑兩旁長滿了樹木和雜草，幾乎把小徑淹沒，但仍然可以隱約看到長年來漸漸踩出一條小徑的痕跡。

那並不是像超市後方通往廣場的那條步道一樣，是最近整修出來的路。

而是像在新城建成的很久之前，就有人從這條路走上山。但這是為了什麼目的？這座山上到底有什麼？

有禮這麼想著，回頭看著自己走過的路。原本隱約可見的小徑已經被雜草和樹木淹沒，幾乎看不到了。

眼前的這一切，是否真的是夢中發生的事？

有禮走向山頂時，再度想著這件事。

猴子走在有禮和Q前面一段距離，雖然看不到猴子的身影，但可以聽到牠撥開樹木的沙沙聲。

小徑兩旁樹木的樹枝不停的打在臉頰和手臂，走在有禮前面的Q「嗚哇」了一聲，他的手在臉前拚命揮動，似乎碰到了蜘蛛網。

如果這是夢，未必也太逼真了。有禮忍不住想。

不知道哪裡傳來了鳥啼聲，沿著陡峭的斜坡每走一步，大腿就感到緊繃，汗水慢慢噴了出來。

帶著樹木和泥土味道的風，從有禮和Q之間吹過。

走了一會兒，Q突然停下了腳步，有禮差一點撞到他的背，也慌忙停了下來。

「不要突然……」

原本有禮想說「不要突然停下來」，但當他抬起雙眼，發現已經來到視野開闊的山頂。

有禮的身後是茂密的樹林和叢生的雜草，眼前是又高又細的松樹，還有一片紅土地面。

紅土地面的頂端有一塊巨大的岩石，猴子已經坐在那塊岩石上，低頭看著有禮和Q。

「那傢伙……」

Q正準備說話時，有禮的腦海中再度響起那個模糊的聲音。

「提高警覺，黃泉神已經甦醒。」

牠在說什麼？

黃泉神？

有禮和Q默默互看。

猴子所在的那塊岩石和有禮之間最多只有十幾步的距離，猴子的聲音飛越這段距離，直接在有禮的腦海中響起。

「必須找到黃泉神，如果不找到黃泉神，把他們趕回地底幽冥之地，這裡將會發生巨大的災難。」

「牠在說話！那傢伙竟然滔滔不絕的說著人話，太厲害了！」

Q興奮不已，有禮「噓」了一聲，讓他閉上嘴。

猴子繼續說道：

「聽著，國稚如浮脂，而譬猶水母之浮水上者。于時，若葦牙因萌騰之物而成神[1]。」

是《古事記》。

有禮發現猴子說的話，和日本最古老的歷史書《古事記》開頭部分幾乎一致。

「啊？什麼啊？鍋子和水母怎麼了？」

Q問道，有禮再度「噓」了一聲，讓他不再多問。猴子接下來說的是《古事記》中沒有的內容。

「經歷幾星霜之漫長歲月，邁入諸神淘汰時代。諸神互競互爭互鬥，落敗者被趕離地面，進入地底幽冥之地……即潛入黃泉國。此諸神名曰黃泉神。」

「為什麼猴子會說話？但根本聽不懂牠在說什麼……」

雖然Q嘀嘀咕咕，但猴子的話繼續進入有禮的腦海。

「地上之諸神名曰天神。天神將地上誕生之所有新生命定為落腳處，隱身、沉睡在所有生物之中。」

猴子說到這裡才停了下來，把右手繞向身後抓著後背。

就在這時，突然響起手機的來電鈴聲，打破了山上的寂靜。有禮嚇了一跳，倒吸了一口氣。Q慌忙摸著口袋，大叫著：「哇！哇！哇！」

Q好不容易從口袋裡拿出手機，放在耳朵上。有禮啞口無言的看著他，在心裡嘀咕。

原來這裡可以收到訊號。在這種情況下，這傢伙竟然還會接手機。

「喂，姊姊？你問我人在哪裡？嗯，我跟你說，我在超商後山的山頂。啊？我為什麼要去那裡？」

Q正在用手機和別人通話，這件事讓有禮知道，自己目前並不是在夢中，一切都是現實。

1出自《古事記》卷上〈天地始分〉，描述天地在剛形成、飄浮不定時，諸神誕生的過程。

「全都是現實……嗎？」

有禮好像在確認般嘀咕，猴子用手抓了後背一陣子，露出牙齒笑了起來。

「我剛才已經說了，這不是夢，是現實。」

「就是啊，我現在遇到了一些麻煩事，所以正在忙。啊？我和誰在一起？」

Q對著手機拚命解釋，瞥了有禮和猴子一眼。

有禮在心裡問自己。

如果這一切是現實，為什麼會發生這種事？為什麼猴子會在一無所有的禿頭山頂上說話？

他不想問猴子這個問題，但猴子對他內心的問題有了反應。

「喂！」猴子說，牠壓低了突出的額頭，一臉不悅的瞪著有禮，「你是不是覺得我是猴子，就瞧不起我？」

猴子突然用夾雜著方言的輕鬆語氣說，而且聲音也不像剛才那麼模糊。有禮的腦袋中響起高亢的聲音，Q似乎也聽到了這個聲音。

「怎、怎麼回事？牠剛才在說關西話嗎？」

6
猴子

Q把手機放在耳邊，驚訝的看著猴子。

猴子繼續用高亢的聲音，對著滿臉錯愕的他們說：

「『一無所有的禿頭山』？你們的眼珠子是用來幹麼的？只是裝飾品嗎？」

Q又慌忙對著手機說：

「不是，我不是對你說，剛才有隻猴子說關西話，所以我嚇了一跳。反正我正在忙，所以要掛電話了。等一下回家之後，我會向你好好說明。如果有辦法回到家的話……我掛了喔！」

Q掛上電話，猴子繼續說道：

「你們好好看清楚，我坐在什麼上面？什麼『一無所有的禿頭山』，這裡是神的『天關』，這塊岩石是隔開這個世界和黃泉國的門扉封印，是岩戶。」

把手機放進口袋的Q再度一臉興奮的看著猴子，對有禮說：

「喂！你可以聽到嗎？猴子在說關西話！」

有禮當然也聽到了，猴子繼續在他的腦袋裡說話。

「就是因為把這塊岩戶挖了起來，才會出這種事。」

「我可沒做這種事。」

Q立刻反駁，猴子心浮氣躁的再度抓了抓背。

「誰說是你幹的？是建造新城的工程相關人員把這裡挖了起來。」

猴子一副消息很靈通的樣子繼續說了下去。

「聽說在栗栖台新城的計畫中，起初打算在這座山的山頂上建造瞭望臺，後來因為預算的關係取消了，在下面建了一個巴掌大的廣場就草草了事，但在那之前把岩戶挖了起來，所以打開了和黃泉國之間的門戶，因此闖下了大禍！現在的智人真是差勁，以前的人都知道絕對不可以碰這個岩戶。因為知道這件事，所以把這塊岩石視為神的磐座，恭敬的祭祀，你們剛才走上來的路，是自古以來，通往這個磐座祭祀地的路。」

「岩戶……」

有禮小聲的說，在內心思考著。

岩戶。聽到這兩個字，他最先想到的是天照大神閉關的「天岩戶」。他想起了《古事記》中的一段內容：

天照大御神見畏，逌入天之石屋戶而閉坐其中，是時，高天原皆闇，葦原中國悉黑[2]。

但是，如果是區隔黃泉的世界和地上的門扉，那就不是天岩戶，而是千引石嗎？就是從黃泉國逃回來的伊邪那岐命，為了阻擋追趕而來的伊邪那美命，而堵住往來黃泉國出入口的那塊大岩石。

但是，那塊岩石不可能出現在這座默默無聞的山頂上。《古事記》中曾經提到：「所謂黃泉比良坂，就是現在出雲國的伊賦夜坂是也」，反正不可能出現在栗栖台新城角落的超商後山上。

猴子上下移動額頭，露出懷疑的表情看著有禮。

「你以為黃泉國的出入口只有一個嗎？你以為只有一個地方有封印嗎？」

2出自《古事記》卷上〈天地岩戶〉，被父親驅逐的建速須佐之男命惹是生非，令他的姊姊，同時也是掌管太陽的天照大神感到驚恐，把自己關進天岩戶裡，世界也因此陷入一片黑暗。

有禮驚訝的看著猴子紅通通的臉。這隻猴子似乎可以看透有禮的內心。

「怎麼可能嘛，地鐵站不是也有很多出口嗎？為什麼你會覺得只有一個出入口？智人，腦袋放聰明點。你們不是『會思考的猴子』嗎？要好好動腦啊。」

「這隻猴子真讓人火大……」

Q小聲嘀咕，猴子笑了起來。牠露出了牙齦，一臉猴眼看人低的表情，在岩石上笑著。

有禮的腦海中再度響起猴子用關西腔說話的聲音。

「很多地方都有連結黃泉國和這個世界的出入口，封印的岩戶堵住了出入口，防止黃泉神入侵。這裡的封印岩戶被挖了起來，所以黃泉神從地底的幽冥之處跑出來了。」

有禮聽著猴子說話，注視著眼前巨大的岩石。

這是岩戶——區隔黃泉國和這個世界的門扉封印。凹凸不平的灰色岩石在紅土上探出頭，似乎正默默的、目不轉睛的看著有禮。

猴子繼續說了下去。

「黃泉神出現在這個世界後，會先進入這個世界和黃泉國之間，在那裡打造一個棲身之處，然後開始在那裡悄悄增殖。他們會製造出擋住陽光的繭，在繭中創造出一個和真實世界一模一樣的虛幻世界，然後在那裡慢慢增殖。在那個繭中的虛幻世界稱為隱身所。」

「隱身所？」

有神小聲嘀咕，似乎在仔細玩味這個詞。

猴子在岩石上向有禮和Q探出身體。

「你們今天闖入的地方就是黃泉的隱身所。」

「啊？」

有禮和Q同時叫了起來，然後互看了一眼。猴子仍然探出身體，用力抓著後背。

有禮陷入了混亂，感到困惑不已，注視著正在抓背的猴子。

那裡嗎？和栗栖之丘學園一模一樣，被霧籠罩的地方，就是猴子說的隱身所嗎？

坐在岩石上的猴子突然不再抓背，整個身體開始搖晃，回答了有禮內心的疑問。

「沒錯，就是那裡。」

猴子似乎察覺了有禮內心的嘀咕，用整個身體在點頭。接著，牠用略帶諷刺的聲音說：

「我可不會誤闖那種地方，因為我可沒你們那麼笨，絕對不會想去黃泉神躲藏的隱身所。」

「真的超讓人火大……」

猴子無視Q的嘀咕，繼續說了下去：

「黃泉神特地創造一個和這個世界一模一樣的隱身所。雖然看起來和實際的世界一模一樣，但還是冒牌貨。你們今天誤闖的隱身所是不是也和學校一模一樣？是不是看起來就像是栗栖之丘學園？但那是他們打造出的幻影，他們躲在幻影中慢慢增殖。」

有禮終於忍不住出聲問猴子：

「你說的他們，是指在霧中出現的獨眼影子嗎？」

「不是。」

6
猴子

有禮的腦海中響起猴子冷冷的回答。

接著，Q出聲問猴子：

「所以是像黑色蜘蛛一樣的蟲子嗎？」

「不是。」

猴子不耐煩的抓著背。

「獨眼影子八成是黃泉軍。是黃泉神用包住隱身所的黃泉繭，製造出這些像是隱身所的哨兵。黑色蜘蛛應該是土蜘蛛，那些傢伙已經沒資格稱為神，在諸神的淘汰戰爭中落敗，甚至無法逃去黃泉國，這些古老神明的下場，就只能在這個世界遊蕩。雖然他們以人類的恐懼為食，勉強活了下來，但在陽光普照的這個世界，甚至無法有固定的外形，只能在被黃泉繭保護的隱身所內暫時維持外形。」

黃泉繭……

有禮在內心重複了這幾個字，猴子又繼續向他說明。

「黃泉繭是黃泉神吐出來的毒氣，變成像白霧一樣的膜包住隱身所。」

毒氣變成像白霧一樣的膜。難怪Q一踏進那片白霧中，就被毒氣侵蝕……

Q嘟著嘴對猴子說：

「那你說的黃泉神在哪裡？我們沒見過。」

「黃泉神不會輕易現身。」

猴子得意的說。

「他們躲在隱身所的某個地方，偷偷的不斷增殖。」

一個像栗栖之丘學園，但完全不同的地方。

那裡果然不是現實的學校，而是現實的世界之外，被稱為隱身所的地方。

但是，為什麼？

為什麼我們會誤闖進那種地方？

有禮難以理解這一點。

不知道為什麼，猴子這次沒有回答有禮內心的疑問，只是繼續說話。

「黃泉神會持續增殖。當黃泉神的數量越多，黃泉繭包覆的隱身所就越巨大，當隱身所大到無法繼續隱藏在這個世界和黃泉國之間時就會破裂，無數黃泉神也將同時進入這個世界，到時候就太晚了。聽好了，必須在那之前，找到隱藏在隱身所中的黃泉神，把他們趕回地底的幽冥之地，然後再次牢牢的封印，這就是你們的使命。」

「我們的使命？」

始終不發一語的Q滿臉錯愕的嘀咕，和露出茫然表情的有禮對看著。

「什麼意思？怎麼突然變成我們的事了？」Q徵求有禮的認同，有禮也不置可否的點了點頭，因為他完全無法理解猴子剛才這番話的意思。

Q又接著對猴子說：

「我覺得這種事應該找警察或是ＦＢＩ幫忙吧？」

雖然Q再度徵求有禮的認同，但有禮並沒有點頭。

「日本沒有ＦＢＩ。」

雖然有禮知道這不是重點，還是糾正了Q的錯誤。

但是，Q和猴子似乎沒有聽到有禮的話。

猴子突然在岩石上搖晃身體，牠雙手抓住岩石邊緣，興奮的上下搖晃。

「要小心！要小心！

你們是天神的巫覡，

是神甦醒後附身的對象。

要小心！和黃泉神的戰爭已經開打了！」

「猴子在跳舞！那傢伙在跳舞。」

Q搖晃著有禮的手臂，有禮不知道該說什麼，只能繼續看著猴子在岩石上搖晃身體。

「要小心！

要小心！

要小心！」

猴子的聲音在不知不覺中又變成了那個低沉、模糊的聲音，這個可怕的聲音在腦袋深處產生了震動。

有禮發現自己的心跳隨著猴子的動作漸漸加速。

猴子說的「巫覡」這兩個字，喚醒了有禮的記憶。第一個影子一直叫著這兩個字，那個影子用可怕的聲音不停叫著「巫覡」。

「要小心！

要小心！

要小心！」

莫名的不安湧上心頭。

有禮終於忍不住大叫：

「你是誰？到底是怎麼回事？」

猴子猛然停了下來。

猴子停止搖動，在岩石上緩緩蹲了下來，好像關上了開關。

「我也是巫覡。」

猴子骨碌碌的轉動著眼珠子，駝著背說。

「巫覡是什麼？」Q問道。

巫覡，就是神的代言人，傳達神的旨意的人。有禮心想。

但有禮聽到猴子的回答，發現和自己所知道的不一樣。

「巫覡就是覺醒者，聽從天神的指揮，受天神的支配，保護這個世界。」

猴子又繼續說道：

「天神在附身對象的體內沉睡，不會干涉附身的對象。通常是這樣，但偶爾會因為陰錯陽差，從附身對象內甦醒。天神甦醒、活化之後，就會讓附身對象有通靈能力。」

「通靈？」有禮反問。

猴子暫時沒有說話，額頭抬起又壓低，一雙小眼睛輪流看著有禮和Q，一會兒後終於開口。

「通靈就是超越人類能力，不可思議的能力，這種能力很多元。比方說……」

猴子慢慢往下說。

「有的人會從天神那裡獲得卓越的記憶力。」

有禮的心臟撲通跳了一下，猴子目不轉睛的注視著有禮。

「有的人具備數理的高度解讀能力。」

猴子的一雙小眼睛看向Q，Q茫然的看著猴子。猴子不理會他，繼續說了下去。

「目前無法得知天神為什麼、因為怎樣的契機在附身對象體內甦醒，又是怎樣挑選出這種特別的附身對象，以及到底會獲得什麼能力。但是，從古至今，天神在附身對象內甦醒的情況在各個地方反覆出現，超越了時代和國家的界線。這些被天神附身的特別對象有各種名字，你們應該也知道吧？」

各種名字？有禮在內心重複了猴子的話。猴子在岩石上微微向有禮他們探出身體，又接著說道：

「天才、異才、神童，或是得到神的眷顧……」

這就是巫覡？

有禮在內心茫然的嘟噥。

當附身在體內的天神甦醒時，附身對象就可以從天神那裡獲得特殊的能力和卓越的技術嗎？如果那些超越時代、國家，持續出現的天才就是那些特殊的附身對象的話……

有禮的內心想起了古今中外各種天才的名字。

達文西、米開朗基羅、伽利略、牛頓、莫札特和貝多芬……還有聖德太子和北齋。

像洪水般的資訊湧現在有禮的腦海中，猴子再度用整個身體對著有禮點頭。

「沒錯，這就是巫覡，他們都是甦醒的天神附身的對象。」

有禮聽到這句話，腦海中的洪水終於停止，平靜的腦海中響起猴子的聲音。

「你們也是巫覡，我也是巫覡。」

Q瞪大了眼睛，打量著猴子。

「你是天才嗎？啊，難怪你可以一直說人話。」

猴子的一雙小眼睛看著Q。

「我並沒有說話。」猴子回答，「天神賦予我接收各種符號的能力，你們認為『說話』就是把資訊轉化成語言，變成聲音，從嘴巴裡說出來，但資訊在變成語言之前，還有另一種形式。你剛才問的問題在變成語言之前，在你的腦袋裡產生了微弱的電流，我能夠接收這種電流的變化——也就是思考的脈波，理解你想要表達的事。然後，我再用你的符號，把我想表達的意思傳達給你。就是這麼一回事。」

Q倒吸了一口氣，感嘆的說：

「感覺……太厲害了，雖然你是猴子。」

有禮也在腦海中仔細體會猴子的話。猴子又繼續說：

「所以，我也可以接收天神的話，傳達給巫覡，我找你們來這裡，是為了向你們傳達沉睡在這個世界所有生命之天神的訊息。」

編碼器。有禮的腦海中浮現了這幾個字。編碼器就是變換裝置，猴子將天神的訊息變換成話語傳達給有禮和Q，發揮了編碼器的作用。

因為牠是猴子，所以是編碼猴……

猴子似乎無法理解有禮腦海中浮現的無聊冷笑話，只是微微偏了一下頭，又繼續說了下去。

「你們聽好了，巫覡肩負著使命，把黃泉神送回黃泉的使命。黃泉神會為這個世界帶來巨大的災難，必須在此之前，把黃泉神趕回地底幽冥之地，把他們關在那裡，這是你們的……不，是我們的工作。我剛才也說了，目前他們仍然躲在這個世界和黃泉之間些微的縫隙中，在黃泉繭的保護下持續增殖。要在他們的數量到達極限，隱身所破裂之前，把他們送回地底。這就是巫覡的使命。這就是天神自古以來，持續在這個世界創造巫覡的目的。」

「不關我的事。」

Q不假思索的說。

「雖然你說是什麼使命，但我根本不知道有這種事。你剛才一直說什麼天神，我也沒辦法相信，而且也不能被猴子的『巧克力語』騙了。」

有禮忍不住小聲的對Q說：

「應該是花言巧語吧？」

Q和猴子這次似乎也沒聽到有禮的話。

猴子一臉不屑的垂眼看著Q，反手抓著背說：

「我也不想啊，如果可以拒絕，我早就拒絕了。但是，你們今天不是已經誤闖進入黃泉神的隱身所了嗎？你們認為是為什麼？」

有禮和Q答不上來，只能互看著對方。

「已經開始了。」

猴子說完後壓低了額頭，露出了嚴肅的表情。

「你們的意願並不重要，作戰已經開始了，所以巫覡都會被強制送去隱身所。」

「什麼意思！這也未免太一廂情願了。」

有禮怒不可遏，忍不住小聲說道。猴子微微舒展了皺起的額頭。

「所以我不是說，你們的意願並不重要嗎？即使你們感到困擾，很不甘願，天神會基於自己的需求，把巫覡送去隱身所。」

「為什麼？」

有禮出聲質問猴子。

「即使把我們送去隱身所，我們什麼都做不到。今天我們在那裡也只是拚命逃跑，為什麼要把我們送去那種地方？到底有什麼好處？無論對我們，還是對那個……叫天神的來說，不都是白忙一場嗎？」

「為了鑿洞。」

有禮的腦海中立刻響起猴子的話。

「啊？」

有禮忍不住反問。

猴子沒有再回答，而是問他們：

「你們是怎麼逃離隱身所的？」
「啊？怎麼逃離？」
有禮看著Q，Q也看著有禮，微微偏著頭，想了很久之後，才終於說：
「嗯，你問我們怎麼逃離……我們走進一個奇怪的教室，教室的地上有魔方陣。那個教室內的空氣突然扭曲，當我們回過神時，就發現回到了原本學校的空教室內。對不對？」
Q徵求有禮的同意，有禮點了點頭。
猴子的小眼睛也注視著有禮和Q，上下移動腦袋，似乎在點頭。
「那就是『破綻』。」
「破綻？」
有禮和Q異口同聲的問。
猴子再度點頭。
「沒錯，黃泉神在受黃泉繭保護的隱身所內打造了一個和真實世界一模一樣的地方，但是，無論再怎麼一模一樣，其中必定有破綻。有某個地方會出現落差，只有那個地方和真實世界不一樣。那就是破綻。破綻就像是包覆在隱身所外側的黃泉繭上一個小小的破洞，當進入黃泉繭內側的巫覡經由這個小洞，回到真實的世界，小洞就會變大。雖然黃泉神會立刻補起那個破洞。但是……」

猴子說到一半停下，心神不寧的在岩石上搖晃著身體。

「但是，即使補起來之後，那裡仍然會留下痕跡，會留下貫穿隱身所內側和外側的痕跡。這樣你們了解了嗎？當巫覡不斷入侵和逃離黃泉繭，就會在黃泉繭上鑿出洞。久而久之，好幾個洞的痕跡就會形成一條路。為了打造這條路，天神會持續把巫覡送去隱身所，這是把黃泉神送回、封印在地底幽冥之地的步驟。」

有禮在腦中咀嚼猴子的話。

天神和黃泉神。黃泉神打造的隱身所。隱身所內有一個和真實世界一模一樣的世界。那個世界和真實世界唯一的不同之處……破綻。

那個破綻就是那個正方形的教室嗎？照理說，那個教室不可能存在。現實中的栗栖之丘學園並沒有那個地方，自己和Q是從那個破綻回到了這個世界嗎？

猴子說，天神的目的是希望有禮他們——巫覡在黃泉繭上鑿洞。

「我聽不懂你在說什麼。」

Q小聲的說，似乎決定放棄。

「你們要小心。」

猴子的聲音在腦海中響起。

「下一次會更不容易找到。因為隱身所會慢慢擴大，你們必須在逐漸變大的隱身所內找到唯一的破綻。如果想逃離那裡，就必須找到破綻。」

「什麼下一次？我絕對不要再去那種地方。」

Q反駁。猴子好像生氣般露出牙齒。

「你怎麼聽不懂。即使你們不想去，只要天神希望，你們就會再次被送去那裡，而黃泉神會千方百計消滅進入隱身所的巫覡。」

這時，猴子在腦海中響起的聲音再度變得模糊不清。

「要小心！」

有禮心想，那是猴子在變換、轉達天神想要傳達的話。

「黃泉神已經甦醒。為了把黃泉神趕回地底幽冥之地，天神在此地召集七尊巫覡，現有三尊，尚剩四尊。

「要小心！神的作戰已經開始，你們也要抓緊，趕快找到巫覡。七尊巫覡到齊，將黃泉神封閉在地底。」

猴子說完這些話，用力抓著背，興奮的搖晃身體。

就在這時，猴子突然從岩石上跳了下來，像一陣風般跑過愣在那裡的有禮和Q身旁，進入樹林深處。

「呃……」

有禮一片茫然，身旁的Q開口。

「所以，牠到底說了什麼？我回家之後，還要向我姊解釋……」

有禮看著Q，思考的靈光在腦海中閃現。

這傢伙的腦筋有問題嗎？應該沒辦法向你姊姊解釋清楚吧。這兩種想法浮現在有禮的腦海。

有禮嘆了一口氣，代替心中的回答，然後對Q說：

「先下去再說。」

「嗯。」Q順從的點了點頭，然後好像突然想起什麼似的說：「唉，我姊姊說，伊波老師打電話去家裡，聽說他超生氣，要我姊姊轉告我，他在學校等我，要我馬上回學校。」

有禮愣了一下，然後又重重的嘆了一口氣，緩緩轉身，背對著山頂上的岩戶下山。

7 巫覡

從山頂沿著狹窄的山路走回剛才吃便當的廣場期間，有禮一直在內心思考著猴子說的那些話的意思。跟在他身後的Q在走下陡峭的山路沿途，也一直不停的說話。

「剛才猴子有說話吧？」

有禮沒有回話，但Q並不在意。

「你不覺得牠比夢境中更小嗎？牠出現在我的夢境中時，感覺好像比較大，在你夢裡的情況怎麼樣？」

有禮聽Q這麼說，的確覺得夢境中的猴子似乎比較大，但他依舊沒有回答，Q繼續說話。

「你覺得說『流鼻血』怎麼樣？」

流鼻血？有禮聽不懂這句話的意思，轉頭看了身後的Q一眼，然後再度低頭看著腳下走路。Q又自顧自的說了起來。

「就說你或是我流了鼻血，所以就先回家，你覺得怎麼樣？我是在說藉口，沒有聽伊波老師說教的藉口，就說我們其中有一個人流鼻血，另一個人送他回家，老師應該會覺得『那也沒辦法』。還是說嘔吐比較好……」

有禮沒有回頭，看著前方反問Q：

「然後呢？鼻血和嘔吐物又在哪裡？難道要說，我們回家之後，鼻血和嘔吐物都消失得無影無蹤了嗎？」

Q對這個問題沒有表達任何意見，他似乎滿腦子已經開始想下一個疑問。

「我問你啊，為什麼那隻猴子會說關西話？」

「不知道……」

有禮聳了聳肩。因為他也不知道猴子說關西話的原因。

他們撥開山黃柏的樹叢，回到了剛才的廣場。

「搞什麼，這麼快就到了。」跟在有禮身後的Q打量著廣場說。

有禮也有同感，剛才沿著坡道上山，不知道要走去哪裡時覺得很遙遠，但現在走下來，發現從山頂轉眼之間就到廣場了。

他們走到長椅旁，收拾了剛才丟在那裡的東西，然後一起沿著階梯走下山。

「猴子剛才有說話吧？」

Q跟在有禮身後走下階梯時，又重複了剛才的問題。

「牠為什麼會說話？」

聽到Q的這個問題，有禮第一次回頭注視著Q。他停下腳步，看著Q的臉，但沒有回答他的問題，而是問了另一個問題。

「14的平方是多少？」

「196。」

Q馬上回答了有禮的問題。

「那196的平方是多少？」

「3萬8416。」

Q這一次也不假思索的回答。

「那3萬8416的平方呢？」

Q閉上眼睛，刹那之後又馬上回答說：

「14億7578萬9056。」

有禮目不轉睛的注視著Q問：

「你為什麼可以做到？為什麼可以馬上知道這麼多位數字計算題的答案？」

「啊？你問我為什麼……」Q不知所措的回答：「沒為什麼……因為我可以做到，所以就做到了……」

有禮點了點頭。

「就是這樣，和你一樣。」

Q似乎聽不懂有禮這句話的意思，偏著頭看著他。

有禮說：「你數學特別強，並不是付出了很大的努力，或是你希望自己數學很強，對不對？我也一樣，我有過目不忘的本領，並沒有透過訓練，磨練自己的記憶力。我相信猴子也一樣，牠只是剛好具備了能夠接收腦波的能力，就好像你具備了數學能力，我具有完美記憶力一樣。猴子說，是天神賦予牠那種能力，當寄生在我們每個人體內的天神活化後，天神附身的對象，也就是宿主的身體會發生異變，就會具有和其他個體不同的能力。」

「天神是什麼？」

Q有點毛骨悚然的打量著自己的身體，一副心驚膽戰的樣子，好像在尋找爬到自己身上的毛毛蟲。

「所以天神寄生在我的身體裡？像異形一樣嗎？」

有禮注視著Q，然後低頭瞥了一眼自己的身體，聳了聳肩。

「你不需要這麼驚訝吧？因為每個人的身體都寄生了很多東西，像是病毒、細菌，寄生在我們身上的東西超過一百兆。」

「呃！」Q皺起眉頭，「你這傢伙竟然可以臉不紅，氣不喘的說一些噁心的事。」

有禮有點驚訝的看著Q。

「啊？那些東西每個人的身上都有，哪裡噁心？猴子剛才不是說，天神寄宿在所有生物的體內嗎？那不就和細菌差不多嗎？只是天神通常並不會活化。」

即使有禮這麼說，Q仍然一臉害怕的表情低頭看著自己的身體。

「既然寄生在每個人身上，為什麼偏偏你、我和猴子身上的天神活化了？」

有禮糾正了Q的話。

「並不是只有你、我和猴子而已，猴子說，活化天神的宿主稱為巫覡，牠剛才不是說，至今為止，在各個時代，各個地方，都不斷有巫覡出現嗎？我覺得巫覡是為了防止黃泉神入侵所創造的防衛系統，就像是人體內的巨噬細胞。黃泉神一旦出現，巫覡就會集中在黃泉神出現的地區，防止黃泉神入侵。猴子說，這裡會有七尊巫覡，除了我們和猴子以外，還有其他四尊，還說要我們找出那四尊巫覡。」

「聽起來真複雜……你竟然能夠理解猴子說的話……」

Q一臉佩服的看著有禮，然後又問道：

「但是，我們要怎麼找？更何況即使找到了，也不知道能不能溝通，因為那隻猴子也是那個巫……巫什麼的……」

「巫覡。」有禮提醒了他。

「對。」

Q點了點頭，繼續說了下去。

「猴子不也是巫覡嗎？這代表巫覡有可能不是人，可能有蟑螂巫覡，也可能有青蛙巫覡，或是狗巫覡，你能夠和這些傢伙溝通嗎？我才不想和那些傢伙成為夥伴……」

有禮沒有回答，陷入了沉思。

Q的話的確有道理，要怎麼尋找根本不知道長什麼樣子的夥伴？更何況既然天神憑自身的意志讓巫覡集中在一起，那天神讓巫覡集合不就解決問題了嗎？天神透過猴子命令有禮和Q尋找其他巫覡，到底有什麼意圖？

不知道。目前還有太多無法理解的事。

「喂，你有在聽我說話嗎？」

有禮不由得停下腳步，站在階梯上陷入了沉思，Q探頭看著他的臉。

「我剛才問你，如果我們的夥伴是狗或是蟑螂該怎麼辨。更何況我們為什麼要聽猴子的命令？」

有禮搖了搖頭。

「不知道，我也還沒搞清楚。」

有禮說完，再度不發一語的走下階梯。Q跟在他的身後。

有禮走在通往馬路的階梯上，在內心回想猴子說的話。

猴子說，這裡的黃泉神甦醒了。天神和黃泉神。天神寄生在生物體內，協助生命的維持，黃泉神應該是和天神完全相反的角色。這並不是什麼誇張的事，如同有好菌寄生在人體腸道內幫助消化，也有壞菌入侵人體，導致疾病和死亡。病毒中也有對人體有害和無害之分，黃泉之神一定會對這個世界的生物帶來危害。

雖然不知道猴子說的「巨大災難」是怎樣的災難，但地底出現了某些傢伙，將對這個世界的生物造成威脅。那些傢伙目前躲在黃泉國和這個世界之間，還沒有正式入侵。巨噬細胞——也就是七尊巫覡將聚集在這裡，防止那些傢伙入侵。

猴子說，黃泉神會增殖，巫覡的使命就是阻止黃泉神的增殖，預防災情擴大。

但是，到底該怎麼做？

雖然猴子說，作戰已經開始，但有禮完全不知道自己該做什麼。

猴子說，今天有禮和Q會闖進那個奇妙的地方，也是天神作戰的一部分。天神把巫覡送去隱身所，是為了鑿洞，如果鑿幾個洞，鋪出一條路是封閉黃泉神的步驟，那麼作戰經由這些步驟，將走向何方？以後還會不顧有禮和Q的意願，繼續把他們送去隱身所嗎？

有禮回想起獨眼影子的聲音。

「巫……巫……覡……覡……」

他感到不寒而慄。

有禮在迎面吹來的風中甩了甩頭，試圖甩掉獨眼影子在腦海中的影像。

有禮和Q很快來到了山下。

他們下山之後，在半路道別，分別踏上了歸途。兩個人都不想理會伊波老師的要求，再度回去學校。因為今天一整天太支離破碎，太令人眼花撩亂，太不可思議。他們都累壞了。最重要的是，有禮不想踏進放學後空無一人的學校，想像走在如同隧道般、空蕩蕩的走廊上，並且被拉進某個不屬於現實世界的地方，就覺得脖子刺刺癢癢。

「到時候就對伊波老師說，因為我身體不舒服，你送我回家。我家今天沒人，所以你很擔心，一直陪著我。這樣的話，老師也就沒話可說了。」有禮說。

「我的角色看起來人很好。」

Q笑得很開心，不知道是否很喜歡有禮為他安排的角色，有禮覺得他果然是個怪胎。不知道Q回家之後，要怎麼向接到伊波老師電話的姊姊解釋，因為他剛才在電話中老實告訴姊姊，自己「在超商後山的山頂」，這和有禮編的劇本相互矛盾，但Q似乎並不在意。

話說回來，這種事輪不到他操心。

有禮對自己竟然為了Q操心，暗自咂著嘴，然後向Q道別。

那天晚餐時，有禮的媽媽才發現自己手機上的來電紀錄中，有一個陌生的號碼。

「唉呀，是誰打來的？竟然連續打了六次。」

有禮立刻發現，媽媽說出來的電話號碼，是栗栖之丘學園的總機電話。伊波老師一定怒氣沖沖的到處打電話找他們。

「這是學校打來的。」

有禮小聲的說。

「啊？」

媽媽露出懷疑的眼神看著有禮。

「你說是學校打來的？所以是老師打的？發生了什麼事嗎？你是不是闖禍了？」

「才不是。」

有禮生氣的回答。

「我才沒有做什麼。今天老師說，放學後要在八年級的教室討論，因為我有點發燒，很不舒服，所以沒有留下來，就直接回家了。老師應該是為這件事打電話，確認我有沒有回家。我回家之後就一直在睡覺，沒有接家裡的電話。」

有禮覺得自己的謊說得巧妙又流利，和準備對伊波老師說的話也沒有矛盾，完全沒有不自然的地方。

「你不舒服嗎？真難得啊。」

但是，媽媽向來很敏銳。

「現在沒事了嗎？有沒有發燒？你有沒有量過體溫？」

「不是很嚴重，現在已經沒事了。」

明菜在一旁插嘴說：

「哥哥，你是不是故意逃回家？一定是你覺得討論很麻煩，乾脆逃回家了。」

有禮露出不悅的眼神瞪著多嘴的妹妹，妹妹雖然多嘴，但她也很敏銳。有禮猜想明菜應該還不知道今天第二節課自己和Q遲到，挨了老師罵的事。如果明菜知道，現在早就把這件事告訴媽媽了。

比有禮小三歲的妹妹自認蒐集八卦的能力一流，之前讀同一所小學時，雖然年級不同，卻可以完全掌握有禮的行動，簡直就像是ＣＩＡ。但轉到新學校之後，她還來不及建立蒐集八卦的人際網絡。

「活該！」有禮在心裡嗆妹妹，然後小聲對妹妹說：「你少囉嗦。」

媽媽看著手機螢幕，陷入了沉思。

「是不是要回電給老師？因為我擔心會影響明菜上課，所以我的手機一直關機，從午餐的時候就……」

「不用了，」有禮急忙說，「我明天會轉告老師。」

「是嗎？」

有禮知道媽媽怕麻煩，一定會欣然接受這個提議。

「那你一定要說喔，要向老師道歉，說真的很對不起，而且還要說明，因為媽媽在陪妹妹上鋼琴課，沒辦法接電話。」

「我知道了。」

終於突破了第一道難關，問題在於明天如何搞定伊波老師。

有禮在內心思考著對付老師的方法，看著漸漸暗下來的窗外。窗外被夜晚的黑暗籠罩，他突然想到猴子說的一句話——地底幽冥之地。黃泉神躲藏的那個世界，也是被這樣的黑暗籠罩嗎？有禮感覺到黑暗深處似乎有什麼東西在看他，手臂上不由得冒出了雞皮疙瘩。

8 栗栖之丘

隔天，有禮像往常一樣，在早上班會課前五分鐘走進了教室。

Q和光流坐在空蕩蕩的教室內，但伊波老師還沒有來。講桌前放了三套課桌椅，Q坐在靠窗的座位上，光流坐在靠走廊的座位，有禮把書包放在中間的桌椅上，正在專心看漫畫的Q抬起頭，對他露齒一笑，打了聲招呼說：「嗨！」

光流低頭看著第一節英文課的課本，把自己澈底和有禮、Q隔離，桌椅的位置也和另外兩套保持了微妙的距離，應該藉此表示「不要繼續靠近我」。

有禮坐下之後，Q探出身體，似乎打算說什麼，但這時上課鐘聲響了。

拉門喀啦一聲打開，伊波老師走進了教室。

伊波老師既沒有說「起立」，也沒有說「早安」，他走向講桌時，一臉心浮氣躁的看著有禮和Q。

「喂，田代，廄舍！」

伊波老師的聲音好像加了顫音般低沉顫抖，老師的怒氣似乎還未平息。

「昨天不是叫你們留下來嗎？為什麼都回家了？」

「對不起。」有禮很乖巧的鞠了一躬，「因為我有點不舒服。」

「所以我很擔心，就送有禮回家了。」

Q卯足全力……應該說是一臉興奮的說明了自己的角色。

有禮對記憶力很差的Q竟然記得自己的名字感到有點驚訝，但也對Q不是叫自己的姓氏，而是叫自己的名字有點火大。

「回家了嗎？我曾經打電話去你家，但你家的電話沒人接。」

伊波老師露出嘲諷的眼神看著有禮說。

有禮再次道歉。

「對不起，我回家之後，就一直在房間裡睡覺，所以沒有察覺。我媽媽昨天陪妹妹上鋼琴課，把手機關機了。吃晚餐的時候，才發現接到了學校的電話，媽媽很緊張，叫我跟老師說，真的很抱歉……」

「這堂鋼琴課上得真久啊。」

伊波老師生氣的說，他一定對打了好幾次電話都無法接通感到很火大。雖然媽媽說「擔心影響明菜上課」，但應該是不希望開心的午餐時間被人打擾，所以一出家門就把手機關機，在吃晚餐之前，都沒想起這件事。

但是，有禮將計就計，利用老師的冷嘲熱諷加以反擊。

「對不起，我會告訴媽媽，老師說：『這堂鋼琴課上得真久』。」

伊波老師露出驚訝的表情。

「不……這種事不需要告訴媽媽。」

「但媽媽造成了老師的困擾。那傢伙……不，我媽媽的手機經常忘了開機，或是忘了帶手機出門，所以我也很生氣。我可以告訴媽媽，老師很生氣嗎？這樣的話，媽媽應該會受到一點教訓。」

有禮成功的把自己的問題轉嫁給媽媽，一臉乖巧的說。

他發現伊波老師的怒氣急速消退。

「我不是說了嗎?這種事不需要說，你媽媽很忙，不要為這種事抱怨。」

伊波老師看起來心神不寧。

明明是你在抱怨。有禮在內心嘀咕，默默的看著伊波老師。

伊波老師比剛才更加心神不寧，終於移開了原本看著有禮的視線。

「而……而且，如果你在放學後乖乖留下來，我就不需要打電話給你媽媽。」

「對不起。」

有禮再度誠懇的低頭道歉。

「我真的不舒服。但是，我在回家之前，應該徵求老師的同意，我以後會多注意。」

「……既然你已經知道了，那就算了。」

伊波老師說話時仍然沒有看有禮，Q再度用開朗的語氣重複了和剛才相同的話。

「我因為很擔心，所以就送有禮回家了!」

Q，不要再重複了!

有禮在心裡咂著嘴，伊波老師用眼角瞪了Q一眼，但並沒有說什麼，也沒有再追究昨天第二節課遲到的事。

但伊波老師總結了一句：「你們要更有身為八年級生的自覺，要努力遵守時間和規定。」

可能時間所剩不多了。伊波老師在早晨的班會課有許多需要傳達的事項。這時伊波老師用力深呼吸了一下，似乎要把內心的鬱悶吐出來，然後又調整好心情站在講桌前，說了聲：「起立！」

有禮、Q和光流七零八落的站了起來，聽到「敬禮！」的口令後，又很不整齊的鞠了一躬。

「各位同學，早安。」

伊波老師用很開朗的聲音打招呼，有禮也向老師問候：「老師早安。」

有禮在心裡告訴自己，在這件事平息之前，不能再惹老師生氣。光流則是口齒不清的嘀咕，前一刻還卯足全力的Q似乎已經開始想什麼事，心不在焉的看著窗外。

「廄舍，你還沒有交家庭調查表，只剩你一個人沒交。」即使伊波老師這麼說，他也一臉茫然。

「你今天又忘了帶嗎？」聽到老師這麼問，Q終於如夢初醒般轉頭看著老師，點了點頭。

「對，也許吧……」

「你要用點心。明天一定要帶來，沒問題吧？」

「好……也許吧……」

有禮忍不住在心裡咂了一下嘴。

Q，你是故意找麻煩嗎？昨天的事好不容易平息。

有禮似乎看到伊波老師太陽穴上的青筋抖了一下。

「不是也許，而是明天一定要帶來，記住了嗎？」

Q一臉茫然的點了點頭，伊波老師露出嚴厲的眼神注視著Q，但視線突然移向有禮。

「田代，昨天新學期訓練時發的那張社團活動調查表，你交了白紙，為什麼？你沒有認真聽磯谷老師的說明？磯谷老師不是說，要填第一志願和第二志願參加的社團嗎？」

有禮感到心虛，有點不知所措。

伊波老師微微揚起嘴角笑了起來。

「喂，你們果然沒有認真聽。啊，我知道了，磯谷老師是在你們遲到的第二節課一開始說的，所以你們沒聽到。在栗栖之丘學園，五年級到九年級的學生都要參加社團，不能夠什麼社團都不參加。你拿回去重寫，要記得寫第一志願和第二志願。」

伊波老師把有禮昨天交的那張空白志願調查表放在他的桌上。

太慘了……

有禮很想狠狠回瞪一臉嬉皮笑臉的伊波老師，但努力克制自己，無奈之下，只能惡狠狠的瞪著桌上的紙。

「呃，還有一件事，今天第四節體育課是七、八、九年級一起上。以後的體育課基本上也都是三個年級一起上。今天第四節課，男生在操場，女生去體育館集合，記得要換上運動服。女生……呃，岡倉要記得穿體育館專用的鞋子。男生在九年級的教室換衣服，女生在七年級的教室換衣服。大家都聽到了嗎？」

因為人數太少了。

有禮這麼認為。因為人數不足，所以才會幾個年級一起上體育課。社團活動也必須五到九年級所有人都一起參加，才能夠維持社團活動，所以才會有禁止學生不參加社團這種規定。因為栗栖之丘學園的五到九年級總共也只有二十六名學生。

「糟透了……」

有禮這次很厭世的小聲說了這句話。

上完第一節英語課和第二節數學課，休息時間時，光流走出了教室。當空蕩蕩的教室內只剩下有禮和Q兩個人時，Q主動對他說話：

「喂，有禮。」

有禮對Q直接叫自己的名字這件事表達了抗拒。

「你叫我的姓氏啦。」

有禮皺著眉頭說，Q看著他，微微偏著頭。

「咦？你姓什麼？」

有禮還來不及說出自己的姓氏，Q就繼續說了下去。

「昨天的藉口真的管用。」

「嗯。」

有禮心灰意冷的點了點頭。

「我昨天把那個腦波猴子的事告訴了姊姊。」

「啊？」

有禮驚訝的看著Q。

「你把昨天的事告訴了你姊姊？」

「我說了啊。」

Q滿不在乎的點了點頭。有禮難以置信的問：

「你全都說了嗎？也說了猴子開口說話的事？該不會把獨眼影子的事也說了？」

Q聽到有禮一大串的問題，很不耐煩的又點了點頭。

「嗯，是啊，猴子的事，獨眼影子的事全都告訴她了。結果我姊姊就說……對了，你不是也說夢到了猴子嗎？猴子在夢裡說了什麼？」

「……來栗栖之丘。」

有禮輕聲重複了猴子在夢中說的話。Q興奮的點頭說：「嗯嗯！」上課時茫然呆滯的雙眼，此刻閃閃發亮。

「我也一樣。那隻猴子在我夢裡也說了相同的話，來栗栖之丘。再說回我姊姊的事，姊姊說，那隻猴子是不是對每個人都說相同的話。」

「每個人？」

有禮皺起眉頭，Q不耐煩的說：

「你昨天不是向我說明，呃，那個巫……巫……」

「巫覡。」有禮提醒了他，Q點頭後繼續說了下去。

「就是那個，就是那個，就是那隻猴子叫我們找的巫覡。除了我和你，還有那隻猴子以外，不是還有四個人嗎？你不是告訴我，猴子叫我們找嗎？我姊姊說，猴子……應該說是天神透過猴子向所有巫覡傳達了相同的訊息，傳達了『來栗栖之丘』的訊息——」

「然後呢？」

有禮催促他繼續說下去。

「然後……」Q繼續說了下去，「在整個栗栖台，只有一個地方以『栗栖之丘』

來命名。即使搜尋城鎮名、公車站名和設施的名字，都只找到一個相符的結果。」

有禮終於察覺Q想要表達的意思，瞪大了眼睛說：

「是栗栖之丘學園嗎？」

「沒錯。」

Q笑著點了點頭。

「所以……」

有禮察覺背後的含意，忍不住倒吸了一口氣。

「所以，所有的巫覡都集中在這所學校嗎？另外四尊巫覡也在這所栗栖之丘學園嗎？」

「應該是。」Q說完這句話之後，又繼續說了下去。

「還有另一件事，這其實也是我姊姊說的，那個巫……覡原本是指為神服務的人，以前的巫覡都是童子，也就是小孩子。目前神社的祭典中也會安排幼童出現，似乎就是受到當時的影響。總之，侍奉神明是六、七歲到十四、五歲的小孩子的使命。」

六、七歲到十四、五歲……有禮聽到這些漸漸整合的資訊，忍不住瞪大眼睛。

「所以才會集中在這裡。巫覡的年紀剛好是這所學校一年級到九年級學生的年紀，所以天神召喚我們來到這所學校。」

Q似乎在想什麼，注視著地上說：

「如果是這樣，那就簡單多了，因為可以排除蟑螂、蛞蝓和螞蟻，因為沒有蟑螂和蛞蝓可以活六、七年，不過蟬應該可以……。不，恐怕不行。怎麼樣？不管怎麼說，光是不需要和蟑螂當夥伴，我們就很幸運了。」

有禮接著Q的話說了下去。

「如果像你說的那樣，巫覡是童子，也可以把老師排除在外。」

「所以，七十一個學生中扣除我們兩個人，剩下的四個巫覡就在六十九個學生中嗎？所以機率是十七點二五分之一。」

Q說完這句話，好像突然想起了什麼，露出了興奮的表情。

「要不要去問每一個人？」

「問什麼？」有禮問。

Q一臉嚴肅的回答：「就問他們有沒有夢見猴子。」

正當有禮陷入沉默時，光流走回教室。她沒有理會在說話的有禮和Q，準備坐回自己的座位，

光流尖聲說道。

「喂，光流。」Q問她。

光流用冰冷的視線看著他。「不要叫我光流。」

「那要叫你什麼？」

Q生氣的反問，但光流沒有回答。她默默拉開椅子，在自己的座位坐了下來。

「算了。」Q嘀咕了一句，不屈不撓的繼續問光流：「你最近有沒有夢到猴子？」

光流再度用冰冷的視線瞥了Q一眼，但沒有回答他的問題。

「我在問你，有沒有夢到猴子會說話？」

「什麼啊？」

光流不悅的說完這句話，就開始準備第三節課。Q聳了聳肩，看著有禮說：

「她好像不是。」

有禮連續在心裡「呿、呿、呿」了三次，嘆了一口氣。

這也未免太直接了，聰明的人不是通常會說：「最近我做了一個夢，夢裡的猴子會說話」，然後觀察對方的反應嗎？這才無愧於智人這個名字啊。

有禮發現自己竟然在不知不覺中，用了和腦波猴子相同的字眼，忍不住再度嘆了一口氣。

教室的拉門喀啦一聲打開，伊波老師走了進來。第三節課是國文課。

Q收起了前一刻的活力，整個人深深沉入自己的椅子內。

光流一直低頭看著新的課本，始終沒有抬起頭。

有禮在腦海中想著Q剛才說的話，持續思考那些話的意思。

真的像Q的姊姊所說，猴子說的「栗栖之丘」就是這所學校嗎？有禮和Q以外的巫覡，也都收到了相同的訊息嗎？巫覡都回應了這種呼喚，來到了這所學校集合嗎？但是，怎樣才能做到？雖然有禮收到了腦波猴子發出的訊息，但搬來栗栖台，和就讀栗栖之丘學園，都不是他自己決定的事，而是父母決定買這裡的房子，造成了這樣的結果。

這時，他想起了腦波猴子說的話。

天神寄宿在所有生物的體內——所有的生物。也就是說，如果也寄宿在有禮的父母和其他人身上，這些天神會不會目前攜手合作，面對眼前的困境？為了封殺甦醒的黃泉神，為了讓巫覡集合，阻止黃泉神增殖，天神從內部操控了宿主，讓宿主根據緊急狀況的劇本採取行動。

有禮的父母或許也是被內在的天神操控，決定要買房子。

有禮瞥向怔怔看著窗外的Q。

新的疑問在有禮的內心慢慢浮現。

Q的姊姊到底是誰？Q什麼都告訴他的姊姊，這樣好嗎？他家是怎麼回事？

9
信

有禮最後選擇田徑社作為社團的第一志願，最後也加入了田徑社。雖說是第一志願，但他完全、一點都不想加入田徑社，只是使用了刪除法，最後只剩下田徑社。

他當然不可能參加妹妹明菜想要加入的音樂社，創作社更是他最不適合的領域，因為他最討厭自由創造或是創作這種事。雖然有兩個運動社團，但他之所以選擇田徑社，是因為他有一種預感，覺得一些麻煩人物都集中在桌球社。

果然不出所料，男子桌球社成員很熱鬧，有九年級的江本匡史和筒井健這兩個棕髮搭檔，還有在第二天的新學期訓練時攪局的七年級學生安川徹，和八年級的Q，再加上六年級和五年級各有一名男生參加，總共有六名成員。

相較之下，男子田徑社的成員就很冷清了，最年長的是八年級的有禮，另外還有兩名七年級的男生，分別是瘦小的萩本將，和瘦高的大森勇人。五、六年級的男生沒有人參加田徑社，所以整個社團只有三個人。

雖然有禮的預料完全正確，但也遭遇到意想不到的災難。

首先，男子田徑社必須和只有兩名七年級女生的女子田徑社合併，在合併後的五名成員中，由唯一的八年級學生有禮擔任田徑社的社長。

「什麼？你是社長？那就好好加油嘍。」

當上桌球社社長後幹勁十足的Q滿臉笑容的要求握手時，有禮死也不願和他握手。

而且，當有禮得知田徑社的指導老師是伊波老師時，心情就不由得沉重起來。

太慘了……簡直是最最最慘。

光流不僅和妹妹明菜都參加了音樂社，而且還是音樂社的社長，也令有禮感到不安。明菜一定會整天向光流打聽有關有禮的事。

「岡倉學姐的鋼琴彈得超好，即使是超難的曲子，只要看一次樂譜，就可以全都記住，但在社團活動時，她都吹長笛。」

妹妹在吃飯時興奮的說，有禮感到悶悶不樂，因為明菜似乎很努力接近光流。

那次之後，腦波猴子並沒有再現身，黃泉神似乎也暫時沒有動靜。

因為有禮絕對不靠近東側校舍和北側校舍，而且在學校時，也盡可能避免單獨行動。

當上完了半天課，社團活動開始後，他可以感覺自己始終緗緊的神經漸漸放鬆。

伊波老師是一個很不認真的指導老師，在社團活動時很少出現，由學生自己決定訓練內容，採取澈底放任主義。只有在第一次社團活動時翩然出現，為田徑社所有成員測量了五十公尺短跑的速度。

瘦高的大森勇人跑得最快，其他人衝到終點的時間都差不多，有禮勉強擠進了第二名。

「好，再跑一次。這次我也和大家一起跑。」

伊波老師心血來潮的說，然後要求所有人都站在起跑線上。穿著白襯衫和皮鞋的伊波老師也站在最旁邊。

在起跑的同時，伊波老師就立刻和大家拉開了距離，就連大森勇人也被他遠遠甩在後方。當大家跑到二十五公尺左右時，老師已經衝進了五十公尺的終點。

「大家要好好努力！」

伊波老師展現了壓倒性的實力後，心情愉悅的向大家揮揮手，走回教師辦公室。

「這傢伙是怎麼回事？」

有禮喘著氣嘀咕。一臉驚訝、目送老師背影的大森則用力眨了眨眼說：

「好快啊，應該不到六秒吧？老師穿著皮鞋，竟然可以跑那麼快！」

但這是伊波老師唯一一次展現出身為指導老師的幹勁，擔任社長的有禮也同樣沒有幹勁，於是利用指導老師不會突然現身這一點，立刻把自己的工作平均分配給其他社團成員。

「我們採取每個星期輪流的值日生制，輪到的人要負責設計那一週的訓練內容。那就從大森開始，拜託了。」

瘦高的大森幹勁十足，所以設計了沿著學校外側慢跑、伸展操和團體練習。有禮和社團的其他成員只需要根據大森設計的內容完成訓練即可。

繞著學校外側慢跑時，有時候會遇到也在慢跑的桌球社。

沒想到看起來很軟弱的那兩個九年級棕髮搭檔竟然滿頭大汗的沿著學校外側跑步，人來瘋的七年級安川也很認真。問題在於桌球社的社長Q，Q每次都落在慢跑隊伍最後面，而且和其他人拉開一大段距離，慢吞吞的，幾乎用和走路差不多的速度繞學校外側慢跑。不，有時候甚至偏離了外側，茫然的看著天空。

那傢伙還說什麼「加油」，他自己根本沒在加油，也未免太我行我素了。

有禮對完全感受不到一絲幹勁的桌球社社長Q感到無可奈何。

Q跟不上社團活動的步調，有禮雖然當初很不想參加社團，但對田徑社的練習倒是樂在其中。

不知道是因為指導老師從來不會出現，還是因為社長幹勁不足，栗栖之丘學園的田徑社充滿了自由活潑的氣氛。在慢跑、伸展操和團體練習結束，開始個人自由練習時，有禮總是獨自默默沿著學校外圍慢跑。

球鞋踩在柏油路面的聲音，嘴巴裡富有節奏的呼吸聲，這些聲音和心跳重疊在一起，產生共鳴，不停推動身體前進。擺脫身體的重力，兩隻腳不停的在沒有終點的軌道上前進的單純感覺也很颯爽明快。

春風撫摸著滴落的汗水，隔著圍牆，從操場上傳來的嘈雜聲，以及穿越的街道上傳來的噪音，都被身體內側湧現的脈動淹沒，漸漸遠離。

有禮愛上了跑步。雖然心臟像快爆炸般劇烈跳動，肺也發出慘叫聲，腳也很痛，完全搞不懂有什麼樂趣，但有禮猛然發現，自己每次跑完之後，就還想繼續跑。

在跑步時，腦袋完全放空。至今為止一直保存、累積，絕對無法消除的無數記憶，在跑步的時候不會重播再生，簡直就像這些記憶從來沒有進入腦海。

跑步的時候，有禮滿腦子只想著跑步這件事。所以在跑步時，有禮很幸福，他也終於發現了這件事。

在社團活動開始兩個星期後的某天中午，Q趁教室內只有他和有禮兩個人時，走到有禮身旁。

「我跟你說，我問了桌球社所有的人，但都不行。」

「什麼不行？」

有禮問道，但立刻知道了答案。

「就是猴子的夢啊。」

Q的回答完全符合他的預料。

「我問了大家，但大家好像都不知道這種夢。」

有禮注視著站在桌旁的Q，小心謹慎的問：

「你是怎麼問的？」

Q用力皺著眉頭，不耐煩的看著有禮。

「我就問他們，最近有沒有做猴子會說話的夢。」

「問每一個人嗎？」

「對啊。」Q點了點頭。

「在社團活動的時候嗎？」

「對啊。」Q再度點頭。

「大家怎麼回答？」

Q聽到這個問題後稍微想了一下。

「有的說『不知道』，有的說『什麼意思』，九年級那兩個棕色頭髮叫我『別吵』。會不會是因為我在他們連續對打的時候問的關係？」

那當然啊。在和對手擊球時，如果有人在旁邊問：「你最近有沒有夢到猴子說話？」任何人都會生氣吧！有禮忍住了嘆息，靜靜的搖了搖頭。

「這種問法不行吧，大家不可能認真回答。」

Q嘟起了嘴。

「那你有問嗎？你應該已經問了田徑社的成員吧？」

有禮再度搖了搖頭。

「不，還沒有。」

Q露出責備的眼神看著有禮。

「喂，有禮，你振作點，你到底想不想做好這件事？」

你哪有資格說我？雖然有禮這麼想，但並沒有吭氣。Q對著不發一語的有禮說：「你也要去問一下，只要問完男子桌球社和田徑社的所有成員，就代表六十九個人中已經確認了九個人，也就是占整體大約百分之十三點零四。啊，如果光流也計算在內，就是十個人，所以是百分之十四點四九，幾乎就是整體的一成五。總之，你得加油了。」

Q說完這句話，大搖大擺的走出了教室。

有禮無言的目送著和社團活動時判若兩人，渾身充滿活力的Q的背影。

雖然Q叫他「加油」，但有禮並不認為自己能夠輕鬆完成這個任務。他幾乎從來沒有和田徑社的人說過話，不可能像Q一樣直截了當的發問，更不可能問什麼「你有沒有夢見猴子？」這種問題。

有禮把手肘架在桌子上東想西想，因為太專心思考，所以完全沒有發現教室後方的拉門悄悄打開了，也沒有察覺有一個人影躡手躡腳的從背後靠近。

「喂！」有禮聽到聲音，嚇得聳起了肩膀。他回頭一看，發現光流站在那裡。

「幹麼？」

有禮忍不住緊張起來。因為光流對有禮或是Q說話時，每次都是責備他們。

「……這個。」

光流小聲嘟噥著，把什麼東西放在有禮的桌上。

那是一個漂亮的黃色信封。

「這是什麼？」

有禮看了看信封，又看了看光流的臉後問道，但同時發現信封上寫了自己的名字。

信封上用圓滾滾的字寫著「田代有禮鈞啟」幾個字。

光流瞥了有禮一眼後說。

「有人要我交給你。」

「……誰啊？」

「音樂社的大石春來。春天來了的春來，七年級生。」

光流滿臉不悅的小聲回答後退後一步，離開了有禮的座位。

「我已經交給你了，你要看喔。」

「我不認識她。」

有禮慌忙對光流說。他當然知道大石春來的名字，因為他記得全校七十一名學生的名字，但他從來沒有和那個學妹說過話，也不知道對方為什麼會寫信給自己。

「即使你不認識她，但她認識你。」光流冷冷的說，「她說你雖然是壞學生，但很聰明，而且很帥氣。你的名字經常出現在公開模擬考試的成績單上。」

「我才不是壞學生。」

有禮說完之後，發現這句話太陳腐，忍不住愣了一下。自己根本沒必要說這種話，他對自己脫口說出的話感到生氣，嘴裡有一種澀澀的感覺。

「是嗎？」

光流似乎察覺到有禮有點畏縮，促狹的反問：

「在新學期訓練時遲到，老師叫你留下，你卻跑回家，也不算壞學生？」

有禮無言以對，只能沉默不語。

光流占了優勢，指著黃色信封，乘勝追擊的對有禮說：

「要記得看喔。」

有禮也努力反擊。

「我為什麼要看不認識的人寫的信，我不要這種東西，你幫我退回去。」

光流揚起嘴角笑了笑。

「我沒問題啊，但我想她下次應該會透過明菜交給你。」

「啊？」

有禮覺得這句話刺進了心臟。

透過明菜？這很不妙。如果明菜知道這種事，一定會欣喜若狂的告訴家人和朋友。明菜以前就做過這種事。她在之前的小學擔任壁報員，經常把家裡的大小事都寫在壁報上，無論是父母的口角，還是推測有禮情人節收到的巧克力數量，或是媽媽的菜單，她總是把無關緊要的事都寫在壁報上。有禮可以回想起明菜放在餐桌上，壁報草稿上的一字一句。

這樣很不妙。絕對很不妙。

光流對沉默不語的有禮感到不耐煩，走到他的座位旁，準備伸手拿起黃色信封。

「好吧，那我拿去還給她。」

有禮情不自禁用雙手按住了光流打算拿走的信封。

「不要……」

有禮從牙縫裡擠出這個聲音。

「算了，不用還給她。」

「是喔。」

光流立刻退後一步，然後叮嚀有禮：

「你不要只是收下而已，要看信的內容。」

有禮雖然不想看，但還是點了點頭。光流似乎察覺了有禮內心的想法。她簡直就像那隻腦波猴一樣。

「你不可以看也不看就丟掉，因為春來說希望你回答她。」

「回答什麼？」

有禮無力的注視著信封問。

「你看了之後就知道了。」

光流說完，再度叮嚀說：

「總之，你要看信，然後回答她。春來雖然很可愛，但個性也很執著。如果你不回答她，她可能會寫第二封、第三封信。」

教室前方的拉門用力打開，剛才走出去的Q走回教室。有禮立刻抓起放在桌上的信封，塞進了制服上衣的口袋。

「喂，有禮，我忘了帶第五節社會課的課本，你借我看一下。」

Q走過來時笑著對有禮說，有禮發現光流已經若無其事的走向自己的座位。這傢伙的動作真快。

Q把自己的桌椅拉到有禮旁邊，有禮用力按著有點鼓起的口袋，以免被Q發現裡面有一封信，身體不經意的遠離Q。雖然沒有做壞事，卻緊張不已，而且感覺冒著冷汗。

太慘了。簡直是慘上加慘，超級慘。

有禮瞪了一眼坐在靠走廊的座位上，假裝若無其事的光流，再度吞下了嘆息。

這一天，有禮在社團活動結束回到家後，直奔自己的房間。他從來沒有像今天這麼慶幸自己和妹妹明菜不住在同一個房間。他來不及脫下制服，就從口袋裡拿出那封信。他用好像在抓蟑螂屍體般的動作拿出那封信後，丟在書桌旁的垃圾桶內，然後又立刻撿了起來。

不能丟在這裡，因為可能會被媽媽和明菜發現。

他對自己因為害怕這種事而偷偷摸摸感到生氣，想到因為陌生人自作主張寫來的信而必須這樣偷偷摸摸，更加怒不可遏。

丟到後門的廚餘桶，埋葬在廚餘桶深處。

有禮充滿憎恨的瞪著淡黃色信封這麼想著。但想到這裡，又立刻不安起來。

如果像光流說的那樣，這個叫大石春來的七年級女生很執著，又繼續寫第二封、第三封信給自己怎麼辦？萬一大石春來打算透過音樂社的學妹明菜，交到自己手上怎麼辦？事情一定會更加惡化。只要扯上明菜，事情就會變得更加混亂。

不能逃避。必須打上休止符。

有禮這麼告訴自己。沒錯。不要慌忙，不要緊張，好好處理這個問題。事情就這麼簡單。先看完信，了解對方的用意，然後再處理。有禮從來沒有和對方說過話，所以不知道對方為什麼寫信給他，但搞不好只是無聊的內容。

有禮這麼激勵自己，決定打開信封。他從筆筒中拿出剪刀，整齊的剪開信封邊緣，裡面有兩張對折的藍色信紙，色調比信封更淡。

有禮拿出信紙攤開後，一看到內容，就承受了好像被人用力打頭的衝擊，無法順利呼吸。

田代學長：

我是七年級的大石春來，春天來了的春來，朋友都叫我小春，如果學長願意，也可以這麼叫我。今天寫這封信，其實是有事想要告訴學長。其實，我是你的超級粉絲，我超、超、超級喜歡你。如果學長願意，我可不可以當學長的女朋友？先當朋友也沒關係，總之，我想和學長聊天，一起出去玩。

如果學長願意回信給我，我會很高興。

後天星期四，老師都要開會，所以沒有社團活動，放學後，我會在體育館後面的垃圾站前等你。請你回答我！

田代學長的超級粉絲　大石春來

「超級粉絲」、「超、超、超級喜歡」、「學長的女朋友」……。這些字眼就像一把又一把銳利的刀子，插進了有禮的心，他感到頭昏眼花。

怎麼回事？怎麼回事？怎麼回事？

為什麼？為什麼？為什麼會有這種事？

根本沒有見過面……不，應該算是見過，就是七、八、九年級一起在多功能教室參加新學期訓練的時候。課間休息時，曾有一個七年級的女生嗲聲嗲氣的來找光流說話，那個人就是大石春來。但有禮從來沒有和她說過話，所以難以相信有人會成為從來沒有說過話的人的超級粉絲，而且還超、超、超級喜歡。

大石春來，春天來了的意思。這個名字也太好笑了。

為什麼在這麼短一封信裡，就寫了兩次「其實」？而且還有兩次「如果學長願意」，我怎麼可能願意？

有禮茫然的看著手上的信思考，越想越覺得害羞，覺得可悲，簡直快哭出來了。

為什麼會遇到這種事？為什麼會發生這種事？這該不會也是黃泉神帶來的災難吧？

「搞什麼啊！」

有禮不知道自己的怒吼是對誰發洩。好笑的大石春來？帶來災難的黃泉神？不，還是帶這封信來的岡倉光流？或是被捲入這種事的自己？總之，他的內心深處不斷湧現憤怒。

他覺得自己現在有能力做任何事。

「這種東西，我要丟還給她！」

他拚命克制想把信紙撕得粉碎的衝動，用嘶啞的聲音說道。

對了，即使丟到廚餘垃圾桶也未必安全。既然發生了這樣的災難，搞不好會因為什麼陰錯陽差，被媽媽或明菜看到丟在垃圾桶裡的信。

最好的方法，就是把這封信交還給寄信的人。

那就如她所願，星期四放學後去她指定的地方，然後把信還給她，並告訴她，以後再也別做這種事，自己真的覺得很困擾……

話說回來，她為什麼會指定體育館後方這種完全缺乏獨創性的地方？而且還特定選在垃圾站前，這種品味到底是怎麼回事？

有禮的腦海中浮現出大石春來傻笑的樣子。

有禮忍不住詛咒自己沒有刪除功能的記憶系統，嘆了一口氣。

然後再度悄聲表達了決心。

「一定要還給她。」

10 放學後

星期四放學後，有禮確認Q和光流走出教室後，獨自走去體育館後方。

體育館位在學校的東北角落，從東側校舍北端的走廊可以走去體育館，但有禮必須在玄關口換了鞋子之後，從外面繞到體育館後方。

他走出西側校舍的玄關口，經過北側校舍的外側走向體育館。這是一條捷徑。有禮在西側校舍轉角處偷偷向前方張望。他從角落張望時，發現位在校舍北側的網球場和周圍沒有人影。雖然他對自己戰戰兢兢、擔心被別人看到感到生氣，但這也是無可奈何的事。他沿著北側校舍筆直往東走，在轉角處再度向前方張望。

東側校舍的側門，以及通往體育館的走廊上都沒有人影。老師正在開會，大部分學生應該已經回家了。

站在校舍後方面向東方，左側是體育館，右側是游泳池。

有禮穿越水泥走廊，從體育館南側牆壁和游泳池之間繼續往東走。雖然沒有半個人影，但他仍然提心吊膽，很怕突然遇到別人。他告訴自己，根本沒有理由提心吊膽，還是忍不住躡手躡腳走路。

來到體育館的轉角處，有禮從那裡探頭向垃圾站張望，忍不住倒吸了一口氣。

Q在那裡。

體育館後方有一道圍牆，劃分出學校和外面的社區。圍牆和體育館的牆壁之間是停車場，停車場後方是車輛出入的側門。

Q面對停車場，站在體育館牆邊的垃圾站前。他懶洋洋的靠著停在垃圾站對面的一輛白色車輛的引擎蓋上，正在滑手機。

Q為什麼會在這裡？他剛才還問有禮：「要不要去超商？」所以有禮以為他早就離開學校了。

Q發現有禮在轉角處張望，也驚訝的「咦」了一聲。

有禮的腦海中浮現一個想法。

10
放學後

那封信會不會是惡作劇？那些女生把信寄給有禮、Q和其他人，然後會不會躲在某個地方觀察，哪一個男生會受騙上當，真的跑來體育館？

有禮想到這裡，渾身的血液都衝向腦袋。他左顧右盼，快速走到Q的身旁，小聲問他：

「你也收到了信嗎？」

沒想到Q聽了他的問題，偏著頭問：「啊？信？什麼信？我剛才在鞋櫃那裡，被七年級的阿狗阿貓學弟叫住了。」

「被叫住了？」

有禮問，Q點了點頭，繼續回答說：

「嗯，說是九年級的阿狗阿貓有話要對我說，所以叫我來體育館後面等。」

「啊？九年級的阿狗阿貓？」

九年級沒有女生，一定是染了一頭棕髮的江本匡史和筒井健有話要對Q說。所以是其他的事？Q剛好因為其他的事，在同一個時間點被約來這裡嗎？

「不知道是什麼事？」

Q不解的偏著頭問有禮。

「你也被九年級的阿狗阿貓約來這裡嗎？」

「不……我是另外的事。」

有禮簡短的回答，為了避免Q追問，他急忙改變話題。

「Q，他們約你來這裡，該不會是……九年級生想要教訓你？」

「為什麼？」

Q一臉發自內心不解的表情看著有禮。

「你不是做了會惹火九年級生的事嗎？」

「我才沒有。」

Q斬釘截鐵的回答。有禮覺得這傢伙無藥可救了。

他當然早就惹火了九年級的學長。他身為社長，參加社團活動時卻一副意興闌珊的態度，而且缺乏協調性、我行我素。

那兩個認真參加社團的九年級生一定覺得很不爽。

有禮想起最近七年級的人來瘋安川不時和那兩個九年級生走在一起。

10
放學後

八成是安川在鞋櫃那裡叫住了Q，然後轉達了學長的話。九年級的江本或是筒井……也可能是兩個人同時命令安川，要他轉告Q。

這時，從有禮剛才經過的體育館和游泳池之間的通道上，傳來了說話聲，而且說話聲越來越近。

「一定要揍他。」

「不揍他，他就搞不清楚狀況。他完全沒有身為社長的自覺。」

「他根本沒把我們放在眼裡。」

那是九年級的江本、筒井和七年級安川的說話聲。

果然猜對了。有禮很有把握。

雖然那三個人離這裡還有一段距離，卻可以清楚聽到他們的談話，就代表他們說話很大聲。三個人的情緒都很激動。

慘了……

有禮為了避開從南側漸漸靠近的動靜，立刻往北跑了起來，然後對Q說：

「走了！」

「啊？要去哪裡？不是要等人嗎？」
這傢伙還沒有搞清楚狀況嗎？
有禮生氣的簡短回答。
「快逃啊。」
「啊？又要逃？」
Q有點驚訝，但似乎有點開心的反問後跑了起來。有禮忍不住在心裡咂嘴。就在這時，後方傳來了聲音。
「啊！他逃走了！」
那三個人轉過體育館的轉角後，發現有禮和Q逃走後叫了起來。
「喂！廄舍！別跑！」
那是江本的聲音，可以聽到他追過來的腳步聲。
有禮和Q加快了腳步，在即將跑到體育館東北側的轉角處時，聽到安川大叫著：「等一下！」
怎麼可能等？

就在這時，有禮聽到前方轉角處傳來興奮的說話聲。

「學姐？你覺得田代學長會來嗎？」

呃……慘了！有禮心想。這個聲音應該是那個傢伙！約有禮在體育館後方見面的大石春來出現了。

有禮在即將轉彎時突然停了下來，跟在他身後的Q整個人向前撲。

「嗚哇！為什麼突然停下來？」

有禮被沒有及時止住腳步的Q撞了一下，被推出了體育館的轉角。

「哇……」

有禮迎面撞上了從轉角處轉過來的兩個人影。

「啊！」有人叫了起來。

有禮和Q，還有那兩個人……當四個人在體育館角落撞成一團時，周圍的空氣似乎突然被巨大的力量扭曲了。

剎那之間，就像潛入游泳池底，所有的聲音都消失了。

「怎麼了？怎麼了？到底怎麼回事？」

Q在有禮旁東張西望。

「唉唷，走路不長眼睛嗎？」

有禮終於抬頭看向小聲嘀咕的那個人。

但他還來不及開口，Q就搶先說：

「怎麼了？這不是光流嗎？你怎麼會在這裡？」

光流露出銳利的眼神瞪著他們，站在她身旁的正是寫信給有禮的大石春來。

「不要叫我光流。」

光流不悅的回答。站在光流身旁、長髮飄逸的春來突然用開朗的聲音說：

「田代學長！你真的來了？」

Q瞪大了眼睛看著春來，然後問有禮：

「她是誰？田代又是誰？」

有禮只回答了其中一個問題。

「我就是田代。」

「啊？什麼？」

Q驚訝的看了看有禮，又看向春來。

「她說『田代學長，你真的來了』，所以你和她在這裡約會嗎？」

「才不是約會。」

有禮用比光流更加不悅的聲音說，沒想到春來再度發出尖叫聲，眼冒愛心的注視著有禮。

「超開心！田代學長，我還以為你不會來！」

一陣尷尬的沉默。Q再度指了指春來和有禮，又重複了剛才的問題。

「所以，你和她約在這裡，不是嗎？」

「我不是說了嗎？不是這樣。」

有禮和Q一直在雞同鴨講，光流又重複了剛才的話。

「走路不長眼睛嗎？差一點把我的長笛盒子撞到地上。為什麼突然衝出來？難道想逃走嗎？」

「啊，對了，他們呢？」

Q想起這件事，轉頭看向後方。

有禮和Q剛才跑過來的體育館東側通道上空空蕩蕩，不見半個人影。

「他們是誰？」光流問

「九年級的阿狗和七年級的阿貓。」Q回答說。

「什麼啊？」光流生氣的反問，看著有禮，似乎想從他那裡得到答案，但有禮根本沒聽到光流的話。

他被學校外的風景吸引，忍不住倒吸了一口氣。

濃霧籠罩了圍牆外，已經吞噬了城鎮。

「是霧……」

Q聽到有禮的小聲嘀咕，也跟著看向圍牆外。

「呃！」

Q發出這個聲音後，整個人愣在那裡。

「太厲害了，好白。」

春來瞪大了眼睛，走向側門。

「這是怎麼回事？這片濃霧為什麼不會進入圍牆裡面？」

光流似乎已經發現了濃霧不自然的地方。

濃霧吞噬了圍牆外的所有風景，也完全遮蔽了學校的上空，但完全沒有進入圍牆內學校的空間。

和上次一樣。

除了校舍和中庭以外，白色的濃霧籠罩了周圍的一切。目前，學校以外的世界都被濃霧籠罩，也聽不到任何聲音，像是圍牆外街道上的噪音、鳥啼聲，也沒有任何氣味，泥土的味道和春風的香氣全都消失了。

「隱身所……」

有禮脫口說道，他覺得好像有一股力量，用力抓住了他的心臟。

「啊？真的假的？」

Q不安的看著他，有禮已經確信就是這麼一回事。

他們正在隱身所內，眼前這所學校是幻影。校舍、體育館和圍牆，還有垃圾站，以及其他所有的一切，都是極其逼真的冒牌貨。而且……

「變大了……」

有禮出聲說道。

「隱身所變大了……」

Q四處張望，光流和春來看到兩個人緊張的樣子，也不安的互看對方。

上次只有校舍和中庭屬於隱身所的範圍，如今已經擴大到整所栗栖之丘學園。

隱身所的確變大了。

恐懼從內心深處湧現，不斷膨脹的不安壓迫著用力跳動的心臟。

有禮打量著幻影學校的各處。那些傢伙……獨眼影子可能又會從哪裡冒出來。

「走吧。」

有禮對Q說。

「去哪裡？」Q問。

「東側校舍的一樓。」有禮簡短回答後，邁開了步伐。

「喂！這是怎麼回事？你們到底在說什麼？」

光流問，但有禮頭也不回的繼續走路。

「別問那麼多了，跟我來！如果還可以找到正方形教室，如果那個破綻沒有修好，就可以從那裡逃出去。」

「啊？哪裡？什麼？這是怎麼回事？」

春來嘀嘀咕咕，有禮仍然沒有回頭。

有禮繼續思考著。

那個破綻還在嗎？這次也可以從那個破綻逃出隱身所嗎？

這時，他內心浮現另一個疑問。

為什麼這一次不是只有自己和Q被送進隱身所？

九年級的江本和筒井，還有七年級的安川也都在體育館周圍，但他們並沒有被送來這裡。

但是，為什麼光流和春來會進入隱身所？

猴子之前說，天神把巫覡送去隱身所時，完全不管巫覡的意願——

這只是單純的意外嗎？天神打算把有禮和Q送進隱身所時，不小心把撞成一團的四個人全都送進隱身所了嗎？

還是說……

有禮快步走向校舍。他打算沿著剛才跑過來的體育館東側通道回到垃圾站，轉過東南側的轉角，經過體育館和游泳池之間，從東側校舍的側門走回校舍內。Q和光流、春來也跟在他的身後。

有禮走過游泳池旁，來到側門前時，終於停下了腳步。

他轉動門把，發現門並沒有鎖，不禁鬆了一口氣。

有禮打開門，走進校舍內，在他身後響起光流斥責的聲音：

「喂！你沒換鞋子。」

照理說，在進入校舍時必須換室內鞋，但這裡是幻影校舍。

「沒關係。」

有禮懶得向光流解釋，只說了這句話，就走進了教室。

「啊？可以嗎？」

春來不知所措的在側門前忸怩起來。

「廢話少說，快走吧。」

Q從兩個女生中間擠過去，走進了校舍。

有禮踏進東側校舍的走廊前，再度回頭看著光流和春來說：

「快過來，沒關係，這裡不會有老師，也沒有人會罵我們。」

因為這裡是幻影學校。有禮把這句話吞了下去。

「這是怎麼回事？」

光流不耐煩的問有禮。

「快過來！」

有禮不理會光流的問題，打算走向走廊。

就在這時，靜悄悄的校舍搖晃了一下，那個聲音突然響起。

腦袋內側響起好像金屬摩擦般的可怕聲音。

「覡……覡……覡……覡，巫……覡……」

這個聲音讓有禮很想摀住耳朵，他咬緊牙關，尋找聲音的主人。

即使他心神不寧的東張西望，也看不到獨眼影子。

但是，他可以清楚聽到那個聲音。那個傢伙在笑，發出好像金屬摩擦般的銳利聲音在笑。

「快過來！不用換鞋子沒關係！」

有禮叫了一聲，衝向走廊。

光流和春來終於跟了過來。

有禮站在空無一人，好像隧道般的走廊角落，尋找那間幻影教室。

11 浩克

「沒有！」

有禮身旁的Q大叫著。

有禮上次發現的第六間教室消失不見了。上次出現在東側校舍北端的正方形教室已經不見了。有禮沿著走廊向前走，巡視了東側校舍整體仔細確認。

但是，真的沒有。那間教室消失了。

走廊上只有五間教室的拉門。

「破綻消失了……」

有禮茫然的嘟噥著，跟著跑過來的光流質問他：

「喂！到底是怎麼回事？你倒是告訴我，到底是什麼狀況！」

「不知道……」

有禮搖了搖頭說，然後說出了內心的想法。

「既然之前的破綻消失了，這次要找哪裡？要怎麼逃離隱身所？」

光流又不耐煩的問：

「破綻是什麼？隱身所又是什麼？」

「學姐！」

這時，春來大聲叫著，抓著穿著制服的光流手臂。

「有什麼東西過來了！你看那裡！走廊那裡！」

努力尋找逃離的出口，再度巡視著走廊上拉門的有禮和Q，以及瞪著有禮的光流，都看向春來手指的方向。

「那是什麼？」

光流代表所有人問了這句話，後退了一步。

白色朦朧的東西從有禮他們剛才走過的走廊轉角那裡瀰漫過來。

是濃霧！

有禮注視著漸漸瀰漫過來的濃霧，倒吸了一口氣。因為他看到白色濃霧中冒出很多氣泡，有什麼東西浮現在不斷湧現的白色氣泡中。

「……是眼珠子！」

Q叫了起來。

「啊啊啊啊！那是什麼？那是什麼？」

春來崩潰的大叫著。

大氣泡噗嘰一聲破了，眼珠子也隨著氣泡一起消失。但是——

噗咯哩、噗咯哩、噗咯哩……

濃霧中出現許多氣泡，每個氣泡中都有一顆眼珠子，然後隨著氣泡破裂而消失。

噗嘰、噗咯哩、噗嘰、噗咯哩……

這裡和那裡不斷冒出眼珠子，然後又破裂消失。

「怎麼回事？怎麼回事？怎麼回事？」

春來抓著光流大叫著。

四個人茫然的站在走廊正中央。

有禮覺得必須趕快逃離這裡，但又想了解到底發生了什麼事。這兩種想法在內心天人交戰。

濃霧瀰漫的速度很緩慢，慢慢的、慢慢的沿著走廊湧過來，不停彈出氣泡的眼珠子。眼前的情景太脫離現實，有點難以理解，就像在看影片一樣，很想一直看著這種離奇的情況到底會如何發展。好像一轉身準備逃走，這片濃霧就會撲過來，所以兩隻腳動彈不得。

四個人一動也不動的站在原地，濃霧中突然冒出了白色的柱子。濃霧的柱子高高竄向天花板後，柱子頂端出現了一顆眼珠子，在高處瞪著有禮他們。

「啊！」

當有人發出驚叫聲時，瀰漫的濃霧中同時冒出了好幾根白色的柱子。五根、十根、二十根，每一根柱子的頂端出現一顆眼珠子後，濃霧柱子就像蒸騰的熱氣般搖搖晃晃，轉眼之間，就變成了人的形狀。當變成人形的霧彷彿流出墨汁般染黑時，Q叫了起來。

「是影子！獨眼影子出現了！」

聽到這個聲音，春來第一個拔腿跑了起來。

她發出「啊！」、「哇！」的聲音尖叫著，跑向南側校舍。

獨眼影子用金屬摩擦般的聲音，好像在唱歌一樣唱著兩個字。

「巫覡、巫覡、巫覡。」

影子發出的尖銳聲音刺進腦袋，那群獨眼黑影唱著那兩個字，慢慢向這裡移動。

「巫覡、巫覡、巫覡。」

黑色的頭頂至後背的朦朧影子像鬃毛般飄動，獨眼影子伸出黏稠的手臂時，有禮猛然回過神，叫了起來：

「快逃！」

但是，在有禮大叫之前，Q和光流就已經跟在春來的身後跑了起來。有禮也轉過身，逃離了影子。

心臟撲通撲通跳，全身都噴著冷汗。

跑在最前面的春來已經轉過轉角，看不到她的身影。Q和光流跟在後面，有禮最後一個轉過走廊的轉角，衝進了南側校舍。

影子的聲音好像在唸咒語般在後方緊追不捨。

「巫覡……覡、覡……巫覡……覡、覡……巫覡……」

在哪裡？在哪裡？在哪裡？破綻在哪裡？

有禮穿越南側校舍時，拚命尋找入口的門，試圖找到那間正方形教室的門。

但是，完全沒有看到多出來的門和多出來的教室，他沒有找到逃離的出口，就來到了走廊的轉角，跑在前面的三個人轉過通往西側校舍的轉角，有禮向後瞥了一眼。

獨眼影子伸出纖細的手臂，慢慢的、慢慢的沿著走廊向這裡逼近。

「巫覡……覡……巫覡……覡……覡……」

有禮轉過轉角，努力想要擺脫追上來的那個聲音，但不知道為什麼，他想起了《古事記》中的一段話：

伊邪那岐命既視此狀而見畏逃還，其妹伊邪那美命……即使黃泉醜女追捕[1]。

成為黃泉大神的伊邪那美命派出的追捕手，和正在身後追捕的獨眼影子重疊在一起。

「巫覡……覡……覡。」

影子的聲音在走廊上迴響。

有禮即將來到校舍玄關，看著鞋櫃後方的玻璃門外確認，發現果然不見濃霧。上次的濃霧一直瀰漫到校舍外，這次因為隱身所擴大的關係，所以濃霧籠罩在校區外。

有禮叫著跑向北側校舍的Q：

「Q！外面！從玄關跑出去！」

「OK！」

Q大聲叫著跑了回來，光流和春來也跑向玄關。

1 出自《古事記》卷上〈黃泉之國〉，伊邪那岐命和伊邪那美命為日本神話中的創世神，在伊邪那美命死後，伊邪那岐命到黃泉國去探望她，卻被她丕變的容貌嚇了一跳，伊邪那美命感覺被羞辱，便派遣黃泉醜女前去追捕。

但是，只有春來經過玄關後繼續往前跑。

「小春！」

光流發現後，立刻叫著春來的名字，但春來仍然沒有停下來。

站在鞋櫃前的有禮也無可奈何的叫著他原本不想叫的名字。

「大石！往這裡跑！」

春來完全不理會這些聲音，繼續跑向教師辦公室。她跑到門口後，用力打開拉門，大叫一聲：

「老師！」

呿！有禮忍不住在心裡咂嘴。

剛才不是說了嗎？根本沒有任何人。

「老師！都去了哪裡？」

春來用快哭出來的聲音對著辦公室大叫。

她原本應該打算向正在開會的老師求助，但辦公室內空無一人。

「王八蛋！」

Q跑向玄關的大玻璃門，大聲罵道。

「打不開！媽的！這裡也不行！」

「老師！老師！」

春來聲嘶力竭的叫著。

「不可能打不開，這些門不可能從外面鎖住。」

有禮說著，跑向Q的身旁。光流默不作聲的跑向站在辦公室門口的春來。

栗栖之丘學園的西側校舍玄關有三組對開的厚實玻璃門，玻璃門的內側都有可以在轉動後打開或關起的門鎖，有禮和Q把門鎖從原本橫向的位置轉成縱向，然後用力推門。

「打不開……」

他們也試著把門往內拉，但仍然紋風不動。

他們立刻走到旁邊的玻璃門前，再度轉動門鎖，然後用力推玻璃門，結果還是相同。

「小春，這裡！」

光流抓著春來的手臂，打算把她拉過來這裡，但即使過來這裡，玻璃門仍打不開，也照樣出不去。

有禮和Q焦急不已，接連跑到三組玻璃門前轉動門鎖，對著玻璃門又推又拉，最後甚至用腳踹，敲打玻璃，但都徒勞無功。

「不行。」有禮終於這麼說道，「算了，只能試試從哪間教室出去。」

他和Q一起跑回走廊，轉頭看向通往南側校舍的轉角，發現那些獨眼影子正慢慢轉過轉角，向這裡逼近。

「田代！」

拉著春來跑過來的光流叫著有禮的名字。

「田代是誰？」Q問道。

有禮不理他，看著光流說：

「從那裡過來了！」

「啊？」

有禮看向通往北側校舍的走廊轉角，發現另一群獨眼影子從那裡緩緩出現。

「被夾攻了……」

有禮在小聲說這句話時，感覺到自己全身發冷。

心跳聲撲通、撲通的在腦袋中產生了回聲，令人凍結般的恐懼籠罩全身。

從南側校舍逼近的影子和從北側校舍出現的影子一起唱著那兩個字。

「巫覡……覡……覡……巫覡……覡……巫覡……」

「啊啊啊啊啊！」春來大聲尖叫，緊緊抓著光流。

「學姐！走、走廊！你看地上！」

有禮聽到春來這句話，低頭看向地上，忍不住往後退。

「嗚哇……」

站在有禮身旁的Q目瞪口呆的嘀咕：

「土……土蜘蛛……」

Q雖然記不住有禮的姓氏，卻記住了腹部正中央有一隻眼睛的可怕蜘蛛名字。

有禮他們身上散發的恐懼氣息吸引了那些蜘蛛，牠們窸窸窣窣的移動著長腳，從走廊轉角處擁向玄關口，看起來好像是汙漬。

「不……不行，不能感到害怕。」

有禮用顫抖的聲音告訴自己。

「一定是恐懼的氣味吸引了這些傢伙。所以……所以不能害怕。」

「做不到……，絕對做不到。」

Q搖著頭，斬釘截鐵的說。

有禮也同意Q的意見，獨眼影子從左右兩側逼近，土蜘蛛在那些影子的腳下，也慢慢移動過來，即使再怎麼試圖克制，內心的恐懼仍然持續增加。

「巫覡……覡……覡……覡……巫覡……巫覡……覡……覡……」

逼近眼前的影子看起來很高興，也許覺得可以用恐懼把有禮他們困住。

有禮他們被那群影子和土蜘蛛逼得步步後退，移向玄關的玻璃門。當他們終於退到玻璃門前，已經無路可退時，有禮、Q和光流都抱著最後一線希望，撲向玻璃門，用力搖了起來。

只有春來用後背緊貼著一道門，瞪大了眼睛，愣在那裡看著漸漸向玄關逼近的影子和蜘蛛。

11
浩克

「快打開！拜託！快打開！」

光流的雙手用力拍打著厚實的玻璃門。

「王八蛋！豬頭！王八蛋！」

Q用力踹門。

有禮默默一次又一次用身體撞向玻璃門。

影子終於來到鞋櫃的位置，土蜘蛛圍在影子的腳下。

「巫覡……覡……覡……巫覡……覡……覡……巫覡……」

「不要過來！」

春來的尖叫聲響徹整個空間，撕裂了影子的聲音。

就在這時……

嘎嘰、嘎嘰、嘎嘰、啪嘰、啪喀。

周圍響起巨大的聲響，震撼了周圍的空氣。

有禮不假思索的回頭看。

「怎麼回事？怎麼回事？」

Q也慌忙看著那些影子。

「呃？」

只有光流看向巨響的方向。光流沒有看向從背後逼近的影子，而是看著春來所站的大門的方向，忍不住倒吸了一口氣。有禮也終於看到了光流所看到的景象。

玄關口的一道玻璃門不見了。不，是一道門被人用力從牆壁上拆了下來。

「啊啊啊啊啊！」

Q也發現了有禮和光流注視的東西，瞪大眼睛叫了起來。

春來把玻璃門拆了下來。她把門用力從牆上扯下來，然後將已經扭曲的厚實玻璃門舉在頭上，準備迎戰逼近的影子。

「不是叫你們不要過來嗎？」

春來小聲說道，她在嘴裡嘀咕完這句話，把舉到頭頂的玻璃門砸向從正面逼近的影子。

啪嘰、啪嘰嘰、嘩啦。

玻璃門發出巨大的聲音，命中了那群獨眼影子的正中央。

影子的身體變成了黑霧散開了，土蜘蛛也像黑色海水退潮般消失了。

「啊啊啊啊啊！」

Q再度驚叫起來。

因為春來正準備拆下對開玻璃門中的另一扇門。她輕輕鬆鬆的從牆上把玻璃門拆了下來。春來簡直就像在拆夾板似的，嘎嘰兩聲就把剩下的那道玻璃門連同絞鍊一起，從支柱上拆了下來，然後對準從右側逼近的影子丟了過去。

獨眼影子完全沒有發出任何聲音，變成黑霧散開了。

她是巫覡！

有禮瞪大了眼睛，在心裡大喊。

她是巫覡！天神賦予她驚人的力量！

看到春來推倒了鞋櫃，擊敗了從左側湧過來的最後一群影子，Q像是再度確認般的叫了起來。

「啊啊啊啊！這是真的嗎？」

「小春……」

光流看著春來經過，目瞪口呆的叫著她的名字，春來轉過頭，然後抱著滿臉驚訝的光流說：

「學姐！好可怕！」

春來用撒嬌的聲音，哭著向光流求助，好像完全忘記自己前一刻把玻璃門拆了下來，忘記自己把拆下的玻璃門丟向那群影子，忘記自己推倒鞋櫃，擊敗了獨眼影子。

Q呆若木雞的看著春來，幽幽的說：

「女生真的很難懂。」

Q說完這句話，低頭看著腳下，撿起了丟在那裡的手提袋。

那是春來前一刻掛在手臂上的手提袋，裡面露出了大本的樂譜。應該是她剛才拆門時，不小心從手臂滑落下來。

Q打量著手提袋，看著上面寫的名字出了神，然後突然恍然大悟般開口。

「是喔，浩克……我發現春來（Haluku）的發音和綠巨人浩克很像。大石春來，難怪具有這麼驚人的力量，不愧是浩克。」

春來以電光石火般的驚人速度轉頭看著Q，她的眼中燃燒著燒毀一切的怒火。

春來不發一語的從Q的手上搶過手提袋，然後用和剛才對光流說話時完全不同、粗聲粗氣的聲音說：

「不要叫我浩克，不准再有第二次。我真的不會饒你。」

她的態度和剛才判若兩人，有禮和Q忍不住互看了一眼。光流也有點手足無措。

Q又重複了一次剛才說過的話。

「女生真的很難懂。」

有禮用力吸了一口氣調整心情，回頭看著玻璃門已經拆掉的後方。

「走吧，我們趕快去找破綻。」

黑色的霧在散落一地的玻璃和倒下的鞋櫃周圍飄動、聚集，試圖慢慢恢復原本的形狀。

有禮看著濃霧後方黑暗的校舍，也許破綻出現在校舍的某個地方。也許在二樓、三樓和四樓的某個地方，出現了像那間幻影教室一樣的破綻。

該回到校舍內尋找破綻，還是要走出校舍，去外面探索？

可能性是五五波。但是，不知道為什麼，他的內心命令自己走出校舍。他有一種預感，覺得這次的破綻會以和上一次不同的形式，出現在和上一次完全不同的地方。

天神寄宿在所有生物體內。

有禮下定了決心。他決定聽從自己內心的聲音，轉身走出了校舍。

「走吧。」

有禮、Q、光流和春來從拆下門的門框走了出去。

12 隱身所

為什麼玄關的大門會打不開？

有禮走出校舍時思考著這個問題。東側校舍的側門可以輕鬆打開，為什麼玄關的門卻打不開？

難道是陷阱嗎？

也許黃泉神進化了。有禮想到這裡，忍不住感到毛骨悚然。黃泉神可能在逐漸長大的隱身所內不斷增殖的同時持續進化，預料到有禮他們會進入上次發現了破綻的校舍內，所以這次設下了陷阱？黃泉神是不是故意讓有禮他們進入東側校舍，然後封閉出口，讓他們遭到獨眼影子的攻擊？

有禮趕走內心不斷湧起的恐懼，繼續思考。

既然這樣，破綻就應該在校舍外。

有禮邊走邊回頭看向校舍。在設陷阱時，不可能設在可以逃離的破綻附近。為了避免獵物逃走，應該會把陷阱設在遠離逃生口的地方。既然這樣，這次的破綻出現在校舍外的可能性就很高。有禮想到這裡，在操場正中央停下腳步，仔細打量著被圍牆圍起的學校。

在哪裡？到底在哪裡？

「田代。」

光流拍了拍陷入沉思的有禮肩膀。有禮嚇了一跳，回頭看著她，她用嚴厲的聲音說：

「你該好好說明一下吧？巫覡是什麼？那些只有一隻眼睛的妖怪又是什麼？這些東西為什麼會出現在學校？」

有禮在腦海中思考著光流這些問題的答案，感到有點退縮。想到自己必須說明這些脫離現實的複雜狀況，心情就像吞了鉛塊般格外沉重。他很想立刻交棒，由別人來說明這件事，把接力棒交給猴子，或是Q。

有禮沉默不語，一旁的Q似乎察覺了他的心情，開口回答說：

「其實這裡不是學校。雖然看起來一模一樣，但其實這裡是黃泉神的隱身所，我們闖進了隱身所內。」

Q，幹得好，繼續努力。有禮暗自想道，但光流只是冷冷的瞥了Q一眼，再度瞪著有禮說：

「我要你好好說明，要讓我能夠聽得懂。」

這個要求太強人所難了。因為就連有禮自己也沒有完全掌握目前發生的事，當然不可能做出合理的說明。

有禮無可奈何，為了爭取時間，只能反問光流：

「那我先問你，你最近有沒有夢到猴子？有沒有夢到猴子在你夢裡說話？」

光流愣了一下，然後輕輕點了點頭。

「有啊，怎麼了嗎？」

「啊啊啊啊！」

Q和春來同時叫了起來。

「你……你！我之前問你的時候，你不是說沒有嗎？」
「我可沒這麼說。」光流冷冷的回答，「我只是反問你，什麼意思？任何人被突然問到這種問題，都會這麼回答。」
「學姐，你真的夢見猴子說話嗎？我也是！我也夢到了！田代學長，你怎麼會知道？」
「小春，你也做了猴子的夢嗎？」
光流瞪大了眼睛看著春來。
果然是這樣。有禮在內心點著頭。光流和春來也都接收到腦波猴子發出的天神訊息。
「猴子不是說，來栗栖之丘嗎？」
光流和春來聽了有禮的話，忍不住互看著。
「……對。」春來先開了口，光流也點頭表示同意。
這代表她們兩個人也是巫覡。光流和春來也是來這裡集合的七尊巫覡的成員。
有禮字斟句酌的說：

「我和Q也做了同樣的夢，和你們一樣，關於猴子的夢。」

春來驚訝的瞪大了眼睛，光流也很驚訝。

「在開學典禮隔天放學後，我們就在超商後山見到了那隻猴子。」

「見到了……猴子？真的會說話的猴子嗎？」

光流確認，有禮點了點頭後，繼續說道。

「沒錯。只不過嚴格來說，猴子並沒有開口說話，而是藉由影響腦波的電流，接收或是傳達訊息……」

光流和春來的臉上都露出了「完全聽不懂」的表情，有禮急忙改變了話題。

「猴子說，天神讓我們聚集在這裡，那個『來栗栖之丘』的夢，就是天神傳達的訊息。天神為了防止黃泉神進入這個世界，所以讓七名成員來這裡集合。啊，但是那隻猴子也是成員之一，所以正確來說，並不是七個人……」

光流和春來的臉上仍然寫著混亂和困惑，春來微微偏著頭，戰戰兢兢開口。

「所以……我們是被天神選中的成員嗎？」

「嗯。」

沒想到春來竟然理解了這麼複雜的說明，有禮高興的點了點頭。春來再度開口說：「呃……所以那隻會說話的猴子是天神嗎？」

「不是啦。」有禮失望的否認，雖然他很想說：「你到底有沒有認真聽？」但還是忍住了，耐心的繼續說下去。

「那隻猴子是我們的夥伴，是天神安排在這裡集合的成員之一。牠和我們一樣，都是巫覡。巫覡就是天神賦予特殊能力的對象，聽說不時出現在各個時代、各個地區。天神為了抵抗黃泉神的入侵，所以創造了巫覡，和人體的免疫系統一樣。如果把整個世界視為一個生命體，黃泉神就是入侵身體的抗原，巫覡就是排除、抑制抗原的淋巴球或是巨噬細胞之類的東西。然後，黃泉神入侵了這裡，而且正在增殖，免疫系統開始發揮作用，巫覡集中此地，努力排除黃泉神的入侵。」

有禮越是想解釋清楚，聽起來就越複雜，所以感到很不耐煩，但光流和春來似乎更加不耐煩。

「完全聽不懂你在說什麼。」

光流很不客氣的表達了感想。

那不是我的說明能力有問題，而是你們的理解能力有問題。有禮在內心反駁。

光流露出責備的眼神看著Q問：

「廄舍，你了解嗎？你理解眼前的狀況嗎？你聽得懂田代剛才說的話嗎？」

Q抖了一下，注視著光流，露出很沒自信的眼神看著有禮，最後小聲說：

「應該……大致……」

「啊？」

這次輪到有禮露出責備的眼神看著他。

「你不了解嗎？你不是和我一起聽了猴子的說明嗎？」

「所以我說大致了解啊。」

「聽不懂是什麼意思。」

光流心浮氣躁的打斷了他們。

「一下子是天神，一下子又是黃泉神，還有什麼巫覡……如果像田代說的那樣，我們是因為天神的安排聚集在這裡，然後呢？天神要我們做什麼呢？我根本沒有拜託過神明，讓我加入選拔，而且即使來這裡集合，我也沒能力做任何事。」

有禮聽到光流這麼說，忍不住火冒三丈，小聲的反駁說：

「我要聲明，這些並不是我說的，而是猴子告訴我的。並不是我安排你們在這裡集合，我被安排來這裡集合，也覺得很煩，所以可以不要對我抱怨嗎？」

「對了，」Q開口，「光流，你有什麼能力？猴子會傳心術，我有數學能力，有禮的記憶力很強，浩克是大力士……光流，那你有什麼？」

「廄舍學長！」

春來嘴角露出笑容，抬眼看著Q，但她的眼睛完全沒有笑。

「你下次再叫我浩克，我真的不會原諒你……」

但是，Q並不理會春來的話，又問了光流一次：

「你說啊，你會什麼？你會瞬間移動，還是眼睛可以發出冷凍光線？」

「我不會。」光流不悅的瞪著Q，「我怎麼可能有這種能力？又不是卡通角色，你是不是看太多漫畫了？」

「你在說謊。」Q不甘示弱的追問，「我之前問你『有沒有夢到猴子』時，你也說了謊，你絕對有什麼特殊本領，只是隱瞞不說。」

Q似乎對光流之前沒有回答「夢到猴子」這件事耿耿於懷。

「我沒有說謊，上次是因為你突然問我這麼莫名其妙的問題，所以我反問你什麼意思，我沒什麼特殊本領，也不是什麼巫覡。」

真的嗎？

有禮思考著光流的話。有禮、Q和浩克……不，是春來，天神想把他們三尊巫覡送入隱身所時，不小心把光流也一起送進來了嗎？光流並不是巫覡嗎？

不。不可能。

光流不是說，她也接收到天神透過猴子轉達的訊息嗎？

光流就是巫覡。

有禮雖然這麼想，但並沒有說出來。

「總之，現在只要專心思考怎麼離開這裡。但是……」

有禮說完，看著操場，似乎不想面對眼前的糾紛。

「女生真的很會說謊……」

Q仍然嘀嘀咕咕。

「呃……」大力士春來再度戰戰兢兢的開了口，「離開這裡是什麼意思？剛才廐舍學長說這裡不是學校，是某個地方，這是怎麼回事？」

春來偏著頭，抬眼看著有禮。

為什麼大家都問我？我又不是天神的傳道士。

有禮板著臉，無可奈何的回答說：

「是隱身所，來自地底的黃泉神都躲在隱身所，他們在地底和我們的世界之間結了繭，製造出幻影，然後不斷增殖。繭內的世界就是隱身所。黃泉神增殖後，隱身所也會漸漸變大，我和Q上次誤闖進入時，隱身所的範圍只有栗栖之丘學園校舍的部分，這一次好像已經擴大到整所學校。」

春來睜大了眼睛，看著在濃霧中浮現的栗栖之丘學園。

「幻影？……這是幻影嗎？」

「對。」

有禮再度冷冷的回答。

「沒錯，雖然和學校一模一樣，但並不是真正的學校，這是黃泉神製造的冒牌學校，我們必須找到破綻，才能夠逃離這裡，破綻是逃離這裡的唯一方法。」

「破綻是什麼？」光流問。

「不同的地方──」

有禮看著幻影學校各處回答：

「要找出冒牌學校和真正學校的不同地方，這是這個幾乎一模一樣的世界中的破綻，在理論上應該完美無缺的幻影中的缺陷。只要可以找到破綻，就能夠從破綻逃出去。」

「要怎麼找到？」光流問。

「如果找不到呢？」春來也同時問道。

有禮不理會她們兩個人的問題，語氣堅定的說：

「反正我們要趕快找，因為某個地方一定有破綻。」

但是，真的能夠找到破綻嗎？剛才巡視之後，發現操場上並沒有異狀。圍在操場周圍的櫻花樹數目、排列方式，還有滑梯和鞦韆的位置，圍牆的樣子，都和有禮記憶中的真實操場沒有任何不同。

幸好獨眼影子還沒有出現。有禮從剛才就不時看向操場，但在校舍玄關變成霧的影子目前也沒有現身。

「既然操場上沒有破綻，那就可能在校舍周圍，或是體育館周圍……還是在體育館呢？不，搞不好是游泳池……」

有禮自言自語的說。

「會不會在校舍內？」

光流回頭看著剛才逃離的建築物探問有禮，有禮說出了自己的想法。

「我覺得應該不太可能，剛才的情況應該是陷阱，那些傢伙故意讓我們從東側校舍的側門進入校舍內，然後堵住玄關口，試圖襲擊我們。既然設下了陷阱，應該不會選在破綻的附近。雖然並不是百分之百不可能，但現在回去那裡的風險太高了，所以最後再去那裡看看。」

「那要從哪裡開始找？」

Q四處張望問道。

有禮在思考的同時回答：

「先去檢查校舍和體育館周圍，如果沒有找到，再找游泳池看看。」

春來插嘴說：

「破綻是什麼形狀？要找什麼？」

有禮向光流和春來說明：

「上次在東側校舍的一樓，出現了一間多出來的教室。那是一間正方形的教室，地上是拼花地板。那裡就是破綻。真正的學校沒有這第六間教室，我和Q從那間教室逃走了，但完全不知道這次的破綻會以怎樣的形式出現，所以目前只能先四處尋找和現實的學校不一樣的地方。」

春來不安的睜大了眼睛問：

「有辦法找到嗎？要在這麼大的學校尋找不一樣的地方，有辦法找到和真實學校不一樣的地方嗎？」

有禮轉頭看著一旁，小聲說：

「我有過目不忘的能力，所以只要有不一樣的地方，我應該可以發現。」

「啊？真的嗎？田代學長，你太厲害了！」

有禮不悅的聽著春來說這句話，一旁的Q說：

「不，你的力氣才厲害。」

春來只是用可怕的眼神瞪了Q一眼，什麼都沒說。

有禮背對著春來，正準備走向校舍後方時，光流開口。

「喂，你們有沒有聽到？」

「……？」

有禮轉頭看向光流。

站在操場正中央的光流正豎起耳朵，不知道在聽什麼聲音。

「聽到什麼？」Q問她。

「你們聽啊。」光流回答，「音樂聲，從剛才就一直傳來音樂聲，好像有人在唱歌。你們可以聽到吧？這是什麼曲子？我從來沒有聽過這個旋律……」

有禮、Q和春來相互看著，豎起耳朵，試圖聽光流說的音樂聲。

但是，還是沒有聽到。和上次一樣，不要說音樂聲，就連風聲、樹木的沙沙聲、街道的聲音也完全聽不見。

幻影學校裡，聲音和氣味都會消失不見。

「聽不到……」

春來偏著頭說，光流輕聲哼唱起來。

她似乎把聽到的旋律唱了出來。

「嗯、嗯、嗯、嗯、嗯！」

她重複了幾次這五個音，最後似乎想要抓住這幾個音，用音階唱出了旋律。

「Mi、Do、Fa、Do、So。」

完全聽不到任何音樂的有禮、Q和春來再度互看。

「啊……」

光流抬起頭。

「沒有了……」

這時，一陣風吹過操場。

「啊？風？」

幻影的世界竟然有風？

有禮轉頭看向風吹來的方向，看到濃霧好像白色海浪般從學校周圍的圍牆湧了進來。

「慘了……」

有禮忍不住嘀咕。

打頭陣的濃霧被風吹進圍牆後，濃霧一下子進入操場，好像白紗一樣覆蓋地面，可以看到濃霧中噗咯、噗咯冒著泡。那是很大的氣泡，比躲避球還大，幾乎像人孔蓋那麼大。氣泡中有一顆眼珠子。

「快逃！」有禮大叫一聲，這次他最先跑了起來，其他三個人也避開地上瀰漫的濃霧拔腿就跑。

有禮穿越操場，跑向校舍的方向，在玄關門口前回頭一看，發現濃霧中冒出了好幾根很粗的柱子。

這些柱子比影子剛才在校舍中出現時更粗更大，高度是獨眼影子的兩倍……，不，應該是三倍。

操場中央聳立了八根柱子，柱子頂端的眼珠子睜開的同時，白霧的柱子搖晃起來，染上了黑色，變成了影子巨人。

「巫覡……」

巨人異口同聲的叫了起來。八個巨人用獨眼的眼珠子注視著有禮和其他人，發出的聲音好像雷鳴。

「巫覡……巫覡……」

「怎、怎麼辦？要逃去哪裡？」

Q問，有禮立刻巡視四周。

「我們沿著南側的圍牆經過泳池旁，去體育館後方，一定有某個地方有破綻。」

有禮好像在告訴自己般再度跑了起來。

「巫覡……巫覡……」

影子巨人發出雷鳴般的聲音朝這裡前進，黑色的土蜘蛛已經從操場各處爬了出來，聚集在影子巨人的腳下。

八個影子巨人率領土蜘蛛向這裡進攻。

——又令八雷神率一千五百黃泉軍追之。

有禮為了尋找破綻奔跑，腦海中再度浮現《古事記》中的一段文字。

出口在哪裡？黃泉比良坂在哪裡？

有禮在心裡大喊，跑過了游泳池畔。

13 破綻

有禮等人跑在泳池畔，右側的圍牆是隔開栗栖之丘學園和街道的南側界限。有禮和其他人轉過泳池東南側的角落，沿著圍牆繼續跑去體育館後方。

但是，仍然沒有找到破綻。有禮漸漸感到不安，這樣一路跑，能不能發現破綻？如果這次的破綻和上次不同，並不是多出一個教室，而是更小、更微不足道的不同之處，也許會不小心錯過。不，一定已經錯過了。

有禮放慢了奔跑的速度。

「怎麼了？是不是發現了什麼？」

Q超前了有禮，發現他放慢腳步後停了下來，一口氣問道。

「沒有發現。我們要放慢速度。」

「但是，那些傢伙追過來了。」

光流不安的看著身後說。

「我知道。」

有禮不耐煩的回答後，快步繼續走著，聚精會神的看向周圍。

「我知道。但如果跑太快，可能就會錯過。即使再怎麼逃，如果找不到破綻，就無法離開這裡。」

有禮四處張望，走向垃圾站。

體育館後方是學校東側邊界的圍牆，建築物和圍牆之間是停車場，停車場內停滿了車子，前方是車輛出入的側門。

幻影很逼真，所有的一切都和現實世界一模一樣。有禮內心漸漸焦急起來。

能夠找到嗎？真的能夠找到嗎？不，在這個世界的某個地方，真的存在破綻嗎？

有禮和其他人來到垃圾站前，再度看向身後。不知道為什麼，那八個影子並沒有追過來，這反而更讓人感到害怕。

當他們來到剛才四個人撞成一團的體育館東北轉角時，回頭看著剛才走過的路，然後小心謹慎的看著轉角另一側，也就是體育館的北側，但是，那裡也沒有看到影子。

「那些傢伙去了哪裡？」

Q小聲問道。

「不知道……」

有禮在回答的同時，克制了在內心不斷膨脹的不安。他有一種不祥的預感，總覺得哪裡不太對勁。

「怎麼辦？」

光流問，但有禮也不知道該怎麼辦。

春來回頭看向側門說：

「這裡是汽車出入的側門，可不可以從這裡出去？」

「不行。」有禮搖了搖頭，Q也接著說：

「不能碰到濃霧，恐懼會滲進身體。」

「恐懼會滲進身體是什麼意思？」光流問。

有禮向她解釋：「濃霧似乎有毒性，我猜想應該含有某些可以誘發恐懼的物質。就好像麥角中提煉的麥角二乙胺可以引發幻想和幻覺一樣，黃泉神包覆在隱身所外的濃霧中，也含有喚醒、增加我們內心恐懼的物質。」

「所以，這到底是什麼意思？」光流心浮氣躁的打斷了有禮的話，「我不是說了嗎？要用我們聽得懂的話來說，什麼麥什麼二的根本不重要，到底是怎麼回事？」

有禮吸了一口氣，吐出來之後說：

「我們不能走進濃霧，一旦進入濃霧，攝取大量會喚醒我們內心恐懼的誘導物質，我們就會更加恐懼，繼續這樣下去，恐怕……」

有禮變得吞吞吐吐，春來問：

「恐怕怎麼樣？」

有禮下定了決心，把最後的話說了出來。

「恐怕會被恐懼殺死。」

「被恐懼殺死？」

光流重複了一次，然後和一臉蒼白的春來互看。

Q用力點了點頭，看著有禮。

「沒錯，就是這種感覺，我上次就差點被恐懼殺了，我沒辦法承受，絕對不行，不可能衝出這裡。」

「那該怎麼辦？學校周圍被濃霧包圍，沒有一個地方可以出去嗎？那我們要怎麼逃走？」

春來的聲音快哭出來了，然後看著所有人，似乎想要尋找答案。

「所以啊，」有禮發揮耐心說：「我們必須找到破綻，這是逃離這裡唯一的方法。」

「根本沒有破綻啊！學校這麼大，根本不可能找到和真正的學校不一樣的地方！而且那些妖怪在學校裡走來走去！」

春來終於哭了起來，她情緒激動的大聲說道。

破綻。

有禮在內心重複這兩個字時，覺得有些不對勁。自己似乎錯過了什麼，錯過了什麼很重要的東西。

剛才被送進隱身所時，滿腦子都想著跑去東側校舍的教室，並沒有觀察這裡周圍的情況。當有禮重新看著體育館後方時，感覺到有什麼地方不對勁。

有禮站在抽抽噎噎的春來面前，再度慢慢打量周圍的景象。

東側的圍牆、體育館的牆壁、垃圾站、停滿停車場內的二十輛車子……

二十輛？

有禮倒吸了一口氣。就在這時，光流緩緩抬起頭，仰頭看著體育館，「啊」的驚叫了一聲。

「你們看那裡！體育館上面！」

其他人同時抬起頭。

有什麼東西出現在體育館屋頂上方。看起來像黑色的柱子。一根、兩根、三根……八根柱子從體育館上方低頭看著他們。

「……是影子巨人。」

Q嘆著氣說，有禮他們慌忙從體育館側門的方向後退。

13
破綻

八根柱子立刻變成八條漆黑的瀑布，從體育館的屋頂沿著牆壁流向地面，八顆眼珠子好像圓形氣泡般浮在黑色的瀑布中。

當黑色瀑布到達地面時，立刻變成了巨大的黑影，一個接著一個對著有禮他們站了起來。

每個巨人腦袋正中央，都有一顆瞪得又大又圓的眼珠子。

巨人用眼珠子瞪著有禮他們，興奮的發出雷鳴般的聲音。

「巫、巫、巫覡！巫、巫、巫覡！」

躲在建築物後方的土蜘蛛似乎早就在等待這一刻，一聽到這個聲音，立刻窸窸窣窣爬了過來。不計其數的土蜘蛛剛才不知道躲在哪裡，此刻就像黑色的地毯般覆蓋了地面。

「啊啊啊！」春來連續發出三聲慘叫。

有禮用力握住冰冷的手指，努力深呼吸，讓幾乎快爆炸的心跳平復下來。

「停車場……」

有禮小聲說道，Q看著影子巨人問：

「什麼？」

「破綻。」

有禮也看著巨人，低聲回答。

「我找到了。停車場，那裡就是破綻，比真正的停車場多了五輛車的空間，那裡應該只能停十五輛車子，現在變成了二十輛。」

有禮此刻終於了解剛才為什麼覺得不對勁。栗栖之丘學園體育館後方的停車場只能停十五輛車子，如今多出了五輛車的空間，停車場向側門的方向延伸了五輛車的空間。

「巫、巫、巫覡……巫、巫、巫覡……」

八個影子巨人在有禮他們面前搖晃著身體叫喊著。

「所以，只要逃去那裡，就可以逃離嗎？」

光流竊聲問道，有禮目測了到停車場的距離後，小聲說：

「應該吧……」

「衝了，數到三就衝。」

Q說。

「啊？數到三？」春來陷入了恐慌，尖聲問道，「衝去哪裡？」

她似乎只顧著注意巨人，並沒有聽到有禮他們說話。

「別問這麼多，聽到口令，就跑去停車場。」

有禮簡短的命令。

「要衝嘍。」

Q又說了一次，看著有禮，有禮也點了點頭。

「一、二……三！」

在影子巨人向有禮他們伸出黑色手臂的同時，他們衝向停車場。

有禮他們每次踩到地上，擠滿地面的土蜘蛛就慌忙散開。

——那些傢伙已經沒資格稱為神。

有禮想起猴子說的話。在諸神的淘汰戰中落敗，甚至無法逃去地底深處，凋零的一族。只是被恐懼的氣味吸引，本能的聚在一起蠕動，是一群無力的傢伙。恐怕會有更多土蜘蛛等待黃泉神試圖用恐懼困住巫覡，侵蝕巫覡，他們試圖在巫覡失去生命的前一刻，吞食巫覡身上散發出的恐懼。

從體育館的轉角到停車場只有五、六步的距離。

他們轉眼之間就衝到了停車場的車子和車子之間，但是……

什麼都沒有發生。

「喂！這是怎麼回事？」

Q抬頭看著逼近的巨人大叫著。

「不知道！」

有禮也大叫著，用後背緊貼著車子，抬頭看著逼近的巨人。巨人張開雙臂，已經來到他們面前，試圖用漆黑的可怕手臂抱住他們。

「浩克！趕快行動！用東西丟過去！」

Q對著春來大喊。

春來瞪大眼睛，注視著巨人，聽到這個聲音後，立刻變了臉。她的眼中充滿怒火，用好像換了一個人的低沉聲音說：

「不許叫我浩克！」

春來手上的牛仔布手提袋啪答一聲掉在地上，她蹲了下來，然後雙手伸進有禮靠著的那輛車子下方，

有禮呆若木雞的看著白色轎車慢慢的在自己眼前被抬了起來。

「哇嗚！」Q大叫著高舉拳頭。

「丟過去！丟過去！浩克！」

春來好像在舉重般把整輛車高舉在頭上。

「不許……」

春來在說話的同時，把車子拉向後方。

「再叫我浩克！」

她在大叫的同時，把汽車丟向影子巨人。

有禮的內心深處再度感到哪裡不對勁。

春來丟出去的車子在逼近的八個巨人正中央翻轉後落地，頓時揚起了塵埃，響

起了巨大的聲音。

黑影像蒸騰的熱氣般搖晃，失去了原來的形狀，但並沒有像在校舍玄關被打中時那樣變成黑霧散開，在慢慢抖動搖晃後，又開始變回原來的樣子。

「浩克！丟過去！再丟一次！」

Q大叫著。

有禮注視著眼前的一切，拚命思考著。

為什麼？為什麼明明已經找到了破綻，卻無法逃離這裡？明明已經進入了破綻的區域，為什麼沒辦法逃出去？

有禮立刻想起上一次也一樣，忍不住倒吸了一口氣。出現在東側校舍的那間不存在的教室，也就是隱身所中的破綻。但是，當自己和Q一起衝進那間正方形的教室時，並沒有立刻脫困。

他們一起踩在教室地板上的其中一塊四方形的木板時，才終於脫困。那塊木板是地板上的魔方陣中唯一的錯誤，Q當時說，是唯一的破綻。

春來正準備舉起第二輛車子，獨眼巨人幾乎已經恢復了原來的樣子。

13
破綻

有禮四處張望，試圖尋找破綻中的破綻。

春來剛才丟的那輛車子車頂朝下，倒在體育館的牆壁旁。有禮看到了那輛白色轎車的車尾燈之間的車牌數字。

有問題！

他終於知道剛才內心深處就是對這件事感到不對勁。

車牌的上排是地區名和三個數字，下排的一個平假名之後，有五個數字。不可能有這種事。普通汽車車牌的下排最多只有四個數字，根本沒有五個數字的車牌。

「丟過去！浩克！丟過去！」

Q大聲叫著，光流屏息斂氣的看著春來。

有禮抬頭看著春來高舉在頭上的那輛藍色廂型車。

這是五輛多出來的車子中的一輛，是停車場北側數過來第二輛車子，這輛車子的車牌也有五個數字。

春來把廂型車丟向影子巨人，即將成形的黑影再度扭曲晃動起來。

藍色車子發出巨大的聲音，倒在剛才的白色轎車旁。

兩輛車子的車牌剛好在一起，下排的數字，第一輛是「１２４９６」。

第二輛是「１４２８８」。

一定代表了某種意義！這一定是逃離的關鍵！

有禮充滿把握的對著Q大叫一聲：

「Q！是車牌！車牌上的數字！你從五位數的數字中找出錯誤！這不是你擅長的領域嗎？」

「啊？車牌？數字？擅長的領域？」

Q看著力大無比的春來出了神，眼神飄忽的問。

有禮和Q一起確認了多出來那五輛車子的車牌。

春來準備舉起來的第三輛銀色轎車的車牌是「１４１５９」。

第四輛小貨車是「１４５３６」。

最後一輛白色休旅車是「１４２６４」。

有禮只知道五個數字的車牌有問題，除此以外，完全看不出哪裡有什麼玄機。

但是，Q似乎馬上發現了破綻。

13
破綻

「是交連數。」

「什麼？」光流問。

Q得意的大叫說：

「這些車牌上有五個交連數！只有第三輛車子的車牌數字有問題，第三個數字必須是『15472』，否則因數和就無法繞一周。」

「第三輛？就是春來現在舉起的那輛銀色的車子嗎？」

有禮問。

「對！就是那輛，就是那輛。那個車牌『14159』這個數字不對，必須是『15472』，所謂交連數，就是……」

「你不必解釋！」

有禮大聲說道，然後對著春來說：

「浩克！不……大石！不要丟這輛！放下來！那輛車是逃生口！是破綻！」

「田代學長竟然也叫我浩克！」

春來瞪著有禮，用低沉的聲音粗聲粗氣的說，仍然高舉著車子。有禮很擔心春來一怒之下，就把車子丟出去。

「大石！放下來！先把車子放下來！等一下再抱怨。我不會再叫你浩克了！」

「小春，你不要生氣！先把車子放下來！」

光流也在一旁安撫春來。

春來瞥了光流一眼，終於準備放下車子。她慢慢彎下腰，把銀色轎車放下。

「像原來那樣，放回原來的位置。」

有禮在一旁提出要求。

影子巨人已經恢復了原本的樣子，瞪著一顆眼珠子，準備把黑色手臂伸向有禮他們。

「巫、巫、巫、覡、覡……」

「聽好了，我們要坐上車子！當車子一放回地上，我們就馬上坐進去！」

「萬一車門鎖住怎麼辦？」光流問。

「不必擔心！你看，車門開著。」

有禮探頭看著即將落地的轎車車窗說這句話時，黑色巨人的手臂同時伸了過來。

「巫……覡、覡……巫……覡！」

「快上車！」

轎車終於放回他們四個人中間，有禮衝向駕駛座旁的車門時叫了起來，光流拉著副駕駛座的車門門把，Q和春來也打開了後車座左右兩側的門。

黑影的手抓住了想要擠上車的四個人身體。

「巫……覡、覡。」

「巫……覡、覡。」

巨人發出好像雷鳴般的聲音，手臂也伸了過來。

有禮覺得被黑影的手抓住的右肩一陣麻木。

下一剎那——

恐懼貫穿了有禮的身體，他發現自己在轉眼之間，就被黑暗般的恐懼吞噬。全身的神經都發出慘叫，足以讓渾身血液倒流般的冰冷從指尖爬上來，心臟無力的猛烈跳動，好像隨時會破裂，眼前一片漆黑，翻騰不已的邪惡想像向他撲來。

當他回過神時，發現自己大叫起來。恐懼變成了慘叫，從嘴裡滿溢出來。Q和春來、光流也都大叫著，他們都被黑影的手抓住了。

理智在腦中冰冷的黑暗深處呢喃，他的身體無法動彈。不，他的身體微微傾斜，即將被拉出車外。

——趕快……關上車門……

——不行！不行！不行！

但是，即使他想反抗，意志力也被恐懼隔絕，無法傳到身體。

他看到光流費力的把手伸向副駕駛座的地上，低頭一看，原來是黑色的盒子滑到地上，拆開的長笛從裡面掉了出來。

他無法理解光流為什麼在這種緊要關頭仍然關心長笛，長笛有這麼重要嗎？

土蜘蛛被他們滿溢的恐懼氣味吸引，爬滿了擋風玻璃和車窗。他們會趁亂爬進車內，不，可能自己會先被拉出車外。巨人用力拉扯有禮的身體，他的身體越來越傾斜。

光流終於撿起了長笛，她用顫抖的手拚命把長笛重新組合起來。然後，她吞下了慘叫，用力吸了一口氣，把長笛的吹口放在嘴脣上。

銀色的長笛發出無力的聲音。

是之前聽過那五個音階，就是光流剛才哼過的旋律。

Mi、Do、Fa、Do、So。

這時，壓住全身的恐懼不知道為什麼突然緩和了，影子巨人好像被長笛的聲音打到一般，猛然把手縮了回去。

光流再次吹奏了相同的旋律。這一次比剛才更有力，更響亮。

哩、哩、啦、嚕、啦。

長笛唱著五個音階的歌。

「把車門關上！」

有禮擺脫了恐懼後，不顧一切的大喊著。大家同時關上了四扇車門。隨著啪啪的聲音，轎車的四扇車門關上時，可以感受到車內的空氣扭動起來。

影子巨人的聲音消失了，左右張望後，發現剛才爬在車窗上的土蜘蛛也消失了。

「我們回來了嗎？我們逃出來了嗎？」

坐在後車座的Q看著安靜下來的車外確認。

可能因為終於鬆了一口氣，春來哭了起來。

坐在副駕駛座上的光流茫然的注視著緊握的長笛，有禮發現她拿著長笛的手仍然微微顫抖。

我知道了，原來是音樂。這就是光流具備的能力。

他想起了之前不經意的聽到妹妹明菜說的話：

岡倉學姊的鋼琴彈得超好，即使是超難的曲子，只要看一次樂譜，就可以全都記住。

沒錯，一定是這樣，她得到了神的眷顧，就像沃夫岡．阿瑪迪斯．莫札特一樣，就像路德維希．范．貝多芬一樣，是神明賦予了音樂才華的樂聖。

有禮輕聲問仍然注視著長笛的光流：

「你剛才為什麼突然吹長笛？」

光流驚訝的抬頭看著有禮。

「為什麼……」

光流移開了視線，眼神飄忽起來，似乎在尋找答案，然後開了口：

「因為我又聽到了那個旋律。剛才因為恐懼快要窒息時，我又聽到了那個旋律，結果呼吸就變得稍微輕鬆了些，就好像疼痛稍微緩和一樣，恐懼也減少了。所以……我也不知道該怎麼說，反正覺得只要吹那個旋律，就可以趕走恐懼。」

Q從後車座探出身體說：

「但是，為什麼吹了長笛之後，那些影子巨人就把手縮回去？這個長笛可以吹出超音波嗎？」

「當然吹不出。」

光流立刻不悅的瞪著Q。

「怎麼可能吹得出超音波？你知道嗎？這是向學校借的，學校怎麼可能有具備超音波功能的長笛？」

Q嘟著嘴說：

「那為什麼可以擊退影子，他們害怕長笛的聲音嗎？」

有禮發現Q和光流都看著自己，無奈之下，只能開口。

「我不知道影子巨人為什麼聽到光流的旋律就退縮了，為什麼光流……不，是岡倉，為什麼只有岡倉能夠聽到這個旋律也是一個不解之謎。但是，我相信……」

有禮陷入了沉默，思考著適當的表達方式。車內好像陷入了永恆般的沉默。

「我相信……」

有禮緩緩說出了內心的想法。

「這應該也是作戰的一部分，天神的作戰。猴子說，天神為了防止黃泉神入侵，讓七尊巫覡在這裡集合。巫覡分別具備了天神賦予的能力，就像是我的記憶力，Q的數學才華，大石驚人的腕力，還有岡倉的音樂天分。因為天神認為有必要，所以我們現在才會在這裡。天神要我們運用各自的能力，防止黃泉神入侵，把黃泉神趕回地底，因為巫覡是天神配備的抑制力。我們目前還不知道天神的作戰，只知道我們是作戰的一部分，以及……」

有禮看著身旁的光流，然後從後視鏡中看向Q和春來。

「我們絕對就是巫覡，是天神召集的七尊巫覡中的其中四尊，還有一尊是猴子——」

「另外兩個人在哪裡？」

春來吸著鼻子問。

「在這所學校的某個地方。」

Q回答說。

有禮也點了點頭。

「我們必須找到那兩個人，在他們被送去黃泉神的隱身所之前。」

光流微微偏著頭。

「啊，我又聽到了，我的腦海中響起了那個旋律。等一下……」

光流注視著半空，似乎想要抓住什麼，然後似乎有點驚訝的瞪大了眼睛說：

「這次的旋律更長，一直沒有間斷。這首歌是怎麼回事？這是……這是……天神的歌嗎？」

（第一集全文完）

*引用出處：次田真幸《古事記（上）全譯注》（講談社學術文庫）

數學彩蛋

文／賴以威
（國立臺灣師範大學電機系助理教授・數感實驗室創辦人）

相加起來都是 111。這就是魔方陣的特性：不管橫的、直的、斜的看，所有數字加起來的值都相同。想了解一個數學知識，通常我們會先看最簡單的版本，既然如此，就先從 3×3 的魔方陣來介紹吧！

4	9	2
3	5	7
8	1	6

這是一個標準的 3×3 魔方陣，早在中國遠古時代，就曾在《洛書》中登場，有一套對應的口訣：「戴九履一、左三右七、二四為肩、六八為足、五居中央。」許多民俗傳統像風水、算命中，都可以看到它的蹤影。所以說，數學跟奇幻結合，這本書不是第一部，中國的老祖宗走得更前面呢！

至於書中 Q 的一番話：「原來是魔方陣。六階魔方陣。定和是 n（n^2 ＋ 1）÷2，因為 n 是 6，所以定和應該是 111。那塊木板果然有問題……」

定和就是魔方陣中行、列，或是對角線加起來的總和。當 n=3 時答案是 15。Q 就是靠著這道公式，看出兩組 3 的木板，其中一塊對應到的總和不是 111，也就是破綻所在。這道公式有一個很直觀的解釋：看看 3×3 的魔方陣，中間是 5，穿過它的直線組合是（1,9）、（2,8）、（3,7）、（4,6），加起來都是 10，也就是 2 個 5。所以總和 15 可以看成是「3 個 5」相加，其中 3 代表魔方陣的尺寸，5 是魔方陣裡所有

暗藏玄機的魔方陣

有禮跟 Q 第一次逃出隱身所的關鍵是剛好踩到「破綻」的木板。事後，Q 發現當時地板上是一組「6×6 的魔方陣」，故事裡沒有更進一步說明，也沒有示意圖。不過沒關係，只要有關鍵字，我們就能用數學重現。魔方陣裡的每個數字都不重覆，以 6×6 的魔方陣來說，數字是 1 到 36。很可能當時他們在隱身所看到的是這樣一組魔方陣：

1	9	34	33	32	2
6	11 *	25	24	14	31
10	22	16	17	19	27
30	18	20	21	15	7
29	23	13	12	26	8
35	28	3	4	5	36

打＊的位置，就是有禮跟 Q 踩到，在隱身所裡是 3 的破綻。

挑一行或一列，把數字加起來看看。比方說：

1+9+34+33+32+2=111

或是：

1+6+10+30+29+35=111

甚至斜的：

1+11+16+21+26+36=111

關係匪淺的交連數

第一集最後從隱身所逃出來的關鍵是，有禮發現停車場的五輛車，車牌上出現奇怪的五位數，分別是 12496、14288、14159、14536、14264。

「這些車牌上有五個交連數！只有第三輛車子的車牌數字有問題，第三個數字必須是『15472』，否則因數和就無法繞一周。」

Q 一眼看出這是交連數，問題出在第三組數字。只是，到底什麼是交連數呢？解釋交連數前，我們先來看一個比較簡單、但更浪漫的一組「親和數」：220 與 284。

220 的因數包括：

1,2,4,5,10,11,20,22,44,55,110,220

不看 220，其他所有的因數相加的答案是：

1+2+4+5+10+11+20+22+44+55+110=284

同樣的，284 的因數包括：

1,2,4,71,142,284

不看 284，其他所有的因數相加和為：

1+2+4+71+142=220

你發現規律了嗎？ 220 除了自己以外的因數加總剛好是 284；284 除了自己以外的因數加總剛好是 220。

換句話說，這兩組數字經過（因數）分解後，再重新（相加）組成，恰恰好會變成對方。你可以想像，倘若每一項特質好比一組數字，數字的平均。把同樣的概念推廣到 6×6 的魔方陣，它的尺寸是 6，1 到 36 的平均是 37/2，所以總和是「6 個 37/2」，也就是 6×37/2=111。用代數表示：

$n(n^2+1)\div 2$

n 代表了尺寸，$(n^2+1)\div 2$ 就是魔方陣裡所有的數字（最大 n^2，最小 1）的平均。

最後，在西方，也有許多人被魔方陣的奇妙性質給吸引，例如位於西班牙巴塞隆納，有一座名聞世界的教堂叫做「聖家堂（Sagrada Família）」。它不像一般建築物那樣由直線跟簡單的幾何形狀構成，建築師高第仿照大自然的動植物型態，完成了聖家堂的設計，是一座還沒蓋完，就被列入聯合國文化遺產的偉大建築。聖家堂的其中一個入口掛了一片石刻的魔方陣：

（圖片來源：維基百科）

每一排的數字總和都是 33，象徵耶穌被釘上十字架受難的年紀。不過，嚴格來說它不是個完美的魔方陣，因為裡面有些數字重覆。不過它又有比一般魔方陣更特別的地方，某些 2×2 的正方形裡 4 個數字相加一樣是 33，例如左上的 1+14+11+7，右上的 14+4+6+9。再找找看還有哪裡藏著 33 吧。

親和數是兩個數字繞一圈，交連數是五個數字繞一圈，數學最喜歡「推廣」，討論相似的各種狀況。請想想看，有沒有四組數字繞一圈的可能？甚至，能不能一個數字自己就繞一圈呢？

想想看「6」吧！

它的因數 1、2、3 相加不就剛好是自己嗎？不需要跟別人合作，自己就能繞一圈，這樣的數字我們稱為「完美數」。下一個完美數在 20 到 30 之間，你能找到嗎？

交連數、親和數、完美數，從這些數字組合我們可以看到數字其實一點都不冷冰冰，只要你細心觀察，它們也像人與人一樣，有著自己的個性，彼此之間還存在各種互動關係。

這些數字相加起來就是一個人。談戀愛時，如果自己擁有的某些特質，能整除對方，兩個人就能契合。親和數就像是一對完美的戀人，組成 220 的數字（1+2+4+71+142），都能整除 284；反過來也一樣，組成 284 的數字（1+2+4+5+10+11+20+22+44+55+110），都能整除 220。據說這是數學家畢達哥拉斯所發現，他拿這對數字來象徵友誼。

回到交連數（12496, 14288, 15472, 14536, 14264），你或許猜到了，第一輛車車牌上的 12496 扣掉自己的所有因數總和是：

1+2+ 4+8+11+16+22+44+71+88+142+176+284+568+781+1136+1562+3124+6248=14288

剛好是第二輛車車牌上的五位數，14288 扣掉自己的因數總和是：

1+2+4+8+16+19+38+47+76+94+152+188+304+376+752+893+1786+3572+7144=15472

但故事中第三輛車車牌是 14159，所以 Q 一眼就看出不對勁，他可能把五組交連數都背起來，也可能是運用了他的神算，瞬間做了因數分解與加總。接下來 15472 扣掉自己的因數總和是 14536，14536 扣掉自己的因數總和是 14262，而 14264 扣掉自己的因數總和是 12496——又繞回了第一組數字。也就是說，這五組數字就像一條手鍊，每一個數字都可以分解再重組出下一個數字，最後繞回第一個數字，環環相扣。你可以把它們想成是感情非常要好的一群死黨，彼此有著絕佳的默契。如果你也有剛好五人眾的朋友圈，不妨做一個交連數的項鍊來紀念交情吧。

少年天下系列 —— 055

天地方程式1：誤闖隱身所

作者｜富安陽子
繪者｜五十嵐大介
譯者｜王蘊潔

責任編輯｜李幼婷
封面設計｜蕭旭芳
內頁排版｜極翔企業有限公司
行銷企劃｜葉怡伶

天下雜誌群創辦人｜殷允芃
董事長兼執行長｜何琦瑜
兒童產品事業群
副總經理｜林彥傑
總編輯｜林欣靜
主編｜李幼婷
版權主任｜何晨瑋、黃微真

出版者｜親子天下股份有限公司
地址｜台北市104建國北路一段96號4樓
電話｜（02）2509-2800　傳真｜（02）2509-2462
網址｜www.parenting.com.tw
讀者服務專線｜（02）2662-0332　週一～週五：09:00~17:30
傳真｜（02）2662-6048　客服信箱｜parenting@cw.com.tw
法律顧問｜台英國際商務法律事務所·羅明通律師
製版印刷｜中原造像股份有限公司
總經銷｜大和圖書有限公司　電話：（02）8990-2588

出版日期｜2020年 1 月第一版第一次印行
2023年 1 月第一版第八次印行
定價｜360元
書號｜BKKNF055P
ISBN｜978-957-503-527-3

訂購服務 ——
親子天下 Shopping｜shopping.parenting.com.tw
海外 · 大量訂購｜parenting@cw.com.tw
書香花園｜台北市建國北路二段6巷11號　電話（02）2506-1635
劃撥帳號｜50331356　親子天下股份有限公司

立即購買 >

國家圖書館出版品預行編目資料

天地方程式. 1, 誤闖隱身所 / 富安陽子文 ; 王蘊潔譯. -- 第一版. -- 臺北市 : 親子天下, 2020.01
272面 ; 14.8X21公分. -- (少年天下系列 ; 55)
譯自 : 天と地の方程式. 1
ISBN 978-957-503-527-3 (平裝)

861.59　　108019838